读客悬疑文库

认准读客读悬疑,本本都是大师级。

怪谈研究室

[日] 三津田信三 著
曹逸冰 译

北京日报出版社

图书在版编目（CIP）数据

怪谈研究室 /（日）三津田信三著；曹逸冰译. -- 北京：北京日报出版社，2024.12
ISBN 978-7-5477-4949-4

Ⅰ.①怪… Ⅱ.①三… ②曹… Ⅲ.①推理小说－小说集－日本－现代 Ⅳ.① I313.45

中国国家版本馆 CIP 数据核字 (2024) 第 091051 号

ARUKU BOMON KAIMINKEN NI OKERU KIROKU TO SUIRI
© Shinzo Mitsuda 2023
First published in Japan in 2023 by KADOKAWA CORPORATION, Tokyo.
Simplified Chinese translation rights arranged with KADOKAWA CORPORATION, Tokyo through TUTTLE-MORI AGENCY, INC., Tokyo.
Simplified Chinese translation copyright © 2024 by Dook Media Group Limited.
All rights reserved.

中文版权： © 2024 读客文化股份有限公司
经授权，读客文化股份有限公司拥有本书的中文（简体）版权
图字：01-2024-4251号

怪谈研究室

作　　者：	［日］三津田信三
译　　者：	曹逸冰
责任编辑：	王　莹
特约编辑：	李嘉钰　　谢晴皓
封面设计：	陈艳丽
出版发行：	北京日报出版社
地　　址：	北京市东城区东单三条8-16号东方广场东配楼四层
邮　　编：	100005
电　　话：	发行部：（010）65255876
	总编室：（010）65252135
印　　刷：	三河市龙大印装有限公司
经　　销：	各地新华书店
版　　次：	2024年12月第1版
	2024年12月第1次印刷
开　　本：	880毫米×1230毫米　1/32
印　　张：	9.75
字　　数：	186千字
定　　价：	49.90元

版权所有，侵权必究，未经许可，不得转载
凡印刷、装订错误，可调换，联系电话：010-87681002

三津田信三

歩く亡者
怪民研に於ける
記録と推理

目录

第一章　行尸走肉 001

第二章　无头女迫近 065

第三章　开膛狐鬼与缩水蟆家 127

第四章　封锁座敷婆 189

第五章　伫立不动的口食女 249

主要参考书目 303

第一章 行尸走肉

歩く亡者

第一章　行尸走肉

一

这段骇人的经历，发生在瞳星爱十岁那年的一个夏日的傍晚。

小爱是土生土长的关西人，小时候年年都去外婆家过暑假。外婆住在濑户内海边的兜离之浦波鸟镇。

当天临近傍晚，她告别了一同玩耍的矶贝睦子，马不停蹄地拜访了本地乡土史学家寒田。寒田是外婆的熟人，家中有许多藏书，小爱看完了自己带来的书，便想找这位藏书家借上几本。书倒是很快就借好了，奈何寒田素来健谈，拉着她聊了好一会儿，等回过神来，已经过了六点半。虽说夏季昼长夜短，可时间毕竟不早了。眼看着天色渐暗，小爱心急如焚。

得赶紧回去，不然外婆会担心的。

寒田住在海边。小爱若要抄近路回家，就不得不走临海的路。而外婆告诉过她，那条路以前叫"亡者道"……镇上的小巷错综复杂，很容易迷路。尽管她记事后年年都来，可还是记不熟路。算上找路耗费的时间，走没有岔路的亡者道肯定更快。

外婆知道我走了这条路会不会生气啊。

而且……万一半路上"撞见"了不干不净的东西呢……

小爱犹豫再三，还是决定尽快赶回去。外婆那么疼她，时时刻刻都惦记着她，实在不舍得让她老人家担心。

用最快的速度穿过去，到了镇上就不怕了——

小爱告诉自己，肯定不会有事的。她在迷信不衰的兜离之浦过了好几个暑假，却也从没见过什么脏东西。

她下定决心，踏上亡者道。

虽是黄昏时分，可到底是盛夏时节。谁知刚迈开步子，便有一股寒风吹来，让她起了一身鸡皮疙瘩，不由得打了个寒战。

眼前的大海波光粼粼，被夕阳染成了红铜色。望向右手边，矗立在波鸟镇西头山崖上的洋房映入眼帘。那是镇上最大的船东——鲸谷家的房子。左手边则是小镇东头的山崖，崖上有座供奉惠比寿[1]的神龛。从小爱所在的位置望过去，只能勉强辨认出小小的轮廓。

据说从小镇西头到东头的沿海小道也不全是亡者道。以前好像还有个大致的范围，如今却没人知道哪里是头，哪里是尾。连外婆都不知道，问谁都是白搭。

---

[1] 七福神中唯一的日本本土神明，头戴乌帽子，身穿狩衣，右手持钓竿，左手抱鲷鱼。原为渔民信奉的海上守护神，后来因海运兴起演变成了财神。——译者注（如无特别说明，本书注释均为译者注）

第一章　行尸走肉

　　小爱走上亡者道，抬头瞥了眼鲸谷家，然后便目不斜视地快步向东走去。镇上的小巷好似迷宫，这条路却几乎是笔直的。虽然和那些小巷一般窄，但总归好走多了。

　　可胸口为什么闷闷的呢？心为什么怦怦直跳呢？为什么走在这条路上，会生出某种在房屋密集的城镇都从未有过的压迫感呢？

　　我就不该走这条路的……

　　才走了没几步，小爱便想尽快拐去靠近小镇的岔路。就在这时，她终于注意到前方斜坡走下一个黑色人影。

　　那是……鲸谷家的昭治？

　　睦子跟她提起过，说鲸谷家老爷的侄子在今年春天搬来了镇上。他个子偏矮，肤色白皙，是个体弱的文雅男子，在海边渔镇显得格格不入。不过据说他长得跟演员一样英俊，所以颇受姑娘们的欢迎。

　　听说昭治最近养成了一个习惯，每天傍晚从鲸谷家散步去惠比寿的神龛。乍看他是一身黑，八成是因为穿着特制的轻便风衣。虽说是夏天，可傍晚的风到底还是有些凉的。考虑到他身子不好，鲸谷家的人总让他穿着风衣出门。

　　真够宠的……

　　瞧见那位传说中的名人时，小爱的脑海中竟浮现出了十来岁的孩子不该有的批评。不过这个念头转瞬即逝。尽管行进方向不同，但对此刻的她而言，没有什么比"还有别人走在亡者道上"更能壮胆的了。

倒是多亏了昭治。

小爱忘了自己才刚鄙视过昭治受到的溺爱,正要将感激的目光投向即将走到坡底的身影。

嗯?

难以名状的感觉将她笼罩。她一时间分辨不出那究竟是什么,下意识歪起了脑袋。

总觉得哪里不对劲……

脑海中忽然响起了这么一句话。

是哪里呢?

然而,她细细打量了一番,也没瞧出个所以然来。对方的身体并没有像喝醉了酒似的摇摇晃晃,没有耷拉着肩膀拖着腿走,步速也并无异样。无论从哪个角度看,都不过是在正常地行走。可她仍是觉得有什么地方不对劲。

到底是哪里不对劲?

最关键的问题没搞清楚,简直百爪挠心。

反正就是不对劲……

就在她胡思乱想的时候,人影从斜坡走进了平坦笔直的亡者道。走得不算快,但双方的距离在稳步缩小。

那是……

小爱已然换回正常的步速,仿佛是想尽可能推迟接近对方的时间。

第一章　行尸走肉

那是……

即便如此,她还是无法将目光从那个人影上移开,反而打量得愈发仔细了。与此同时,焦虑不断膨胀。不对劲,有问题,瘆得慌……这种念头也愈发强烈了。

那是……

渐渐地,她竟生出了连自己都一时难以置信的感觉。

朝这边走来的是……

虽然死了,但还活着。

明明活着,却已经死了。

她越看越觉得,人影是这种矛盾的集合体。走向自己的人影,似乎正散发着她前所未知的扭曲感。

那到底是什么东西……

不是鲸谷昭治吗?不是人吗?莫非是亡者?这里是亡者道。要真有奇怪的东西走在这条路上,那铁定是亡者啊。

外婆,救命啊!我好怕!快来救我啊……

小爱拼命祈祷。说不定外婆真能觉察到宝贝外孙女深陷危机,赶来营救。

然而,无论她如何放慢脚步,如何拖延时间,外婆都没有现身,也全然没有外婆会来营救的迹象。她与那来历不明的人影之间的距离却在一点一点地缩短。对方的脚步依然缓慢,但似乎保持着固定的速度。这种异常的精准也让人毛骨悚然,透着难以形容的诡异。

要不往镇上逃？可她实在不敢背对着那个东西。而且外婆说过，遇到亡者时得继续沿着亡者道走，装出什么都不知道的样子，直到和它擦肩而过……随便乱逃反而会被它追上，一眨眼就被附身了。

外婆，我好怕啊。

小爱拼命忍耐想哭的冲动，在即将看清对方的相貌时悄悄移开了目光。可她又不敢完全看向别处，只好把视线转向正前方，同时往靠近镇子的那一侧挪了挪，这样就能和走在靠海一侧的对方擦肩而过了。如此一来，对方虽然还在视野中，但不至于看清表情。

对方也面朝正前方，算是不幸中的万幸。

它没看见我？

真没看见倒好了。但考虑到彼此之间的距离，"没看见"未免有些说不过去。她有足够的理由无视对方，可对方要真是亡者，照理说就该死死盯着她，物色附身的时机啊。

瞎想什么呢？

还有比这更理想的情形吗？就这么不看对方，相安无事地擦身而过，不就是最好的结局吗？

再走几步，距离便会缩小到能完全看清对方表情的地步。

就看一眼……

好奇心油然而生。她也觉得这个念头太过离谱，可为了搞清"自己为什么觉得不对劲"，好像又非看不可。

第一章　行尸走肉

就看一下下……

瞄一眼总不要紧吧。在擦肩而过的一刹那瞥一下，然后撒腿狂奔就是了。

可是……

外婆平日里时常叮嘱她"撞见了脏东西就装傻"。但她也经常听到外婆对上门咨询的人说："只要搞清邪物的底细，自然就知道该怎么对付了。"

看一眼它的脸，大概就知道别扭的感觉因何而起了。

这话当然无凭无据，不过是直觉罢了。

怎么办……

再走十几步就要遇上了。随着距离的缩短，诡异感不断升级。她能明显感觉到，对方不仅穿着黑风衣，还带着相当骇人的气场。

好可怕，好吓人，好瘆人……

那东西那么吓人，还要看它的脸吗？我的脑子是不是进水了啊？小爱对自己失去了信心。

再走几步，就要跟它擦肩而过了。

好想逃，离开这里，跑得远远的……

完蛋了……

正要擦肩而过时，小爱飞速斜了对方一眼。看清那张脸时，对方已然走到了她的身后。她刻意挑了这么一个时机。

那是……

那张脸双目圆睁，直直盯着前方。

别说小爱了，它就没在看周围，只是面朝前方。

但它其实什么都没看。说得更准确些，那双死气沉沉的眼睛透着骇异，仿佛正凝视着只能映入其中的某种东西。

它究竟在看什么……

照理说，得知对方并没有察觉到自己的存在，小爱本该松一口气。事实却恰恰相反。她更觉得毛骨悚然，更心惊胆寒了。

她追悔莫及。细看的这一眼反而让她慌了阵脚。她豁出命去看，却什么都没弄明白。反而迷雾越来越重，恐惧越来越深了。

呜呜呜……

就在这时，身后传来低吼一般的声响。

啊……

霎时间，那东西转过身来，将瞪大的眼睛转向自己的画面浮现在小爱的脑海中。

她撒腿就跑，以最快的速度冲过亡者道。拐进镇子以后，她仍在窄巷中狂奔，就这么一路奔回了外婆家。

当时的小爱还不知道，她将在第二天向警察诉说这段经历。更让她始料未及的是，八年后，她竟不得不将这段往事讲给一个素不相识的人。

第一章　行尸走肉

二

文学院日本文学专业的大一新生瞳星爱上完了当天所有的通识课，第一次踏进了图书馆大楼的地下层。

一早，天便阴沉沉的，到了中午仍是乌云密布，还下起了雾气般的牛毛细雨。现在若不是梅雨季节，她也许会欢迎下雨，视其为适度湿润大地的上天恩泽。

"形形色色的小草挂着露水，开着小花。"

她忽然想起了伊藤左千夫的《野菊之墓》。可惜这句话完全不符合她此刻的心境。

听说那地方闹鬼……

因为她要去的，正是被学生们传得玄而又玄的图书馆大楼地下层。梅雨天的校园本就格外沉闷，眼下又是下着阴湿细雨的傍晚，要去的还是个传闻颇多的地方，心情郁闷也是在所难免。

小爱特别爱看书，平时常去图书馆。而且在图书馆学习也比在家里效率高。大学生活才开始三个多月，图书馆已经在她心中占据了非常特殊的位置。

可她从未去过图书馆大楼的地下层。当然，这是因为她也没什么事要去那儿办，不过她对那个地方还是有点兴趣的。

因为她听说，那位刀城言耶的研究室就设在图书馆的地下层。

刀城言耶是个耐人寻味的人物。他既是以"东城雅哉"的笔名推出了许多变格侦探小说和怪奇幻想小说的作家，又是在全国各地探访民俗的怪谈收藏家。他的另一重身份则是业余侦探，尽管这并非他本人所愿。

在第二次世界大战结束后的十多年里，言耶在各地遭遇了三十余起离奇事件，而其中的大部分都勉强算是被他"解决"了。之所以说得这么模棱两可，是因为"怪异现象在事件落幕后依然存在"的情况比比皆是。即便如此，言耶还是莫名其妙地成了大家公认的"名侦探"，恰似他的父亲刀城牙升——从战前到战时，牙升以"冬城牙城"的名义屡破奇案，人称"昭和名侦探"。乍一看，言耶仿佛是继承了父亲的衣钵。

实则不然。遭遇事件也好，破解谜团也罢，都不过是机缘巧合。言耶往往是在种种因素下被迫卷入的，而且他与父亲之间还有些唯有当事人才懂的棘手纠葛，因此言耶本人极度厌恶别人称他为"名侦探"。

所幸刀城言耶的主业蒸蒸日上。身为作家，他成就颇丰，广受读者爱戴。不仅如此，他还出版了《民俗学中的怪异事象》（英明馆）这样的学术专著，成了在学界小有名气的市井民俗学家。

久而久之，有佛教背景的京都私立大学——"无明大学"的校长堤下玄学便对他产生了兴趣。玄学本就是"东城雅哉"的忠实读者，也非常认可言耶在民俗学领域的成就，所以想请他来无明大学当教授。虽说这位校长素来在理事会说一不二，可这个

第一章　行尸走肉

尝试终究还是过于鲁莽了些。据说他退而求其次，提出聘言耶为副教授，奈何理事会还是坚决反对。

毕竟言耶只是业余学者，最要紧的学术业绩也远远不够。换成作品在文坛广受赞誉的老文豪，或许还有那么一丝希望。可言耶写的是大众文学，年纪也才三十出头，能让理事会同意请言耶当暑期课程的特聘讲师就该知足了。

谁知堤下玄学非要给刀城言耶安排一间研究室。对于一年只做一两次特邀讲座的讲师来说，这简直是破格的待遇。不过因为教授们的一再抗议，这个计划也无奈泡汤了。但玄学没有就此放弃。图书馆地下层刚好有一间几乎已沦为堆房的空办公室。经过玄学的一番谋划，这个房间被拨给了言耶。

可偏偏在这个节骨眼上，出现了玄学始料未及的失算情况。在他兴高采烈地提出上述邀约时，刀城言耶竟一口回绝了。

原来他没征求过当事人的意见啊?!

所有人都惊得目瞪口呆，但这份强势正是堤下玄学的名片。所以这一回他也是坚持己见，最终如愿以偿。不过听说当事人言耶问了一句"能否将那间屋子用作书库"，从这个角度看，双方也算是互惠互利了。

"怪异民俗学研究室"。

听说那个房间的门旁挂着名牌，上面写着这么几个字，简称"怪民研"。言耶并非全职讲师，却将拨给自己的房间命名为"研究室"，据说这也是他的幽默感使然。

特聘讲师刀城言耶的威名就这样在无明大学的学生里传开了。不过平日里几乎没人见过他。因为言耶的大本营在东京鸿池家的别院，连那里他都很少回。毕竟他一年到头都在各地查访民间传说，搜集怪谈。据说刚开始还有不少学生在好奇心的驱使下去怪民研看热闹，可现在已经没人去了。这也难怪，谁让他总是不在呢。因而那种谣言也自然而然多了起来。

听说那地方闹鬼……

照理说，这种流言本该招来更多的来访者。毕竟校园里都是学生，真有几十号人跑来怪民研验证传言的真伪或者寻开心也不足为奇。

刚开始确实有，但很快就没影了。不久后，新的流言渐渐传开。

听说那地方是真有问题……

不过说来也怪，学生们迟迟没有听说怪民研"怎么个有问题法"。要是真有人在怪民研经历了什么非比寻常的怪事，理应瞬间传遍全校才是。

因为谁都不肯说……

新的传言在高年级学生中蔓延，但谁也不知道事实真相究竟如何。传到小爱这个大一新生的耳朵里时，就更是扑朔迷离了。

真讨厌啊……

小爱站在通往地下层的楼梯口，不自觉地在心里嘀咕。

第一章　行尸走肉

　　她平时都走图书馆大楼的正门，穿过大堂以后爬上正前方的楼梯，去二层的阅览室。今天却在大堂中间右拐，进了一条狭窄的走廊，走到头再折回来，驻足于通往地下的楼梯前。映入眼帘的一切，都是头一回见。

　　要从这儿下去啊……

　　小爱并不胆小。她只是觉得只有傻子才会去那种地方瞎逛，再加上她有异于常人之处，躲还来不及呢，又岂会特地前去。

　　万一撞见了呢……

　　她自幼便能偶尔察觉到妖魔鬼怪的存在。发现只有自己能"看见"那些东西时，她受了不小的打击。

　　"你跟外婆一样呀。"

　　不过听到外婆的这句话以后，她便是由衷地欣喜。

　　小爱的母亲是土生土长的关西人，但小爱的外婆原籍却是冈山县的濑户内市。眼看着孩子们（当然也包括小爱的母亲）长大成人，相继独立，在丈夫（小爱的外公）去世后，外婆便搬回了自己出生、长大的故乡兜离之浦，住回了老家。

　　据说外婆的外婆是波鸟镇的"祈祷师[1]"。当年每个村镇都有这么一个所谓的"民间宗教专家"。外婆继承了自己外婆的天

---

[1] 日语原文为"拝み屋"。民间信仰方面的专家，工作内容是应顾客的要求，进行驱邪、施咒、祈福。这些祈祷行为有时由神职人员或僧侣进行，不属于这些宗教的民间专家则称为"祈祷师"。

赋。搬回故乡以后，她自己也当起了"祈祷师"。总而言之，外婆继承了老祖宗的能力，而小爱也从外婆那里继承了同样的能力。

得知自己的"力量"隔代遗传给了外孙女后，外婆便悉心指点，教小爱如何跟这种力量打交道。小爱来乡下过暑假或者探亲时，外婆也是一边陪她玩，一边言传身教。多亏了外婆的教导，小爱学会了如何控制自己的力量，奈何看得见的时候怎么着都能看见，再不乐意也是白搭，所以她此刻才会在楼梯口犹豫不决。

视野中的地下层走廊已是一片昏暗。外面小雨淅淅沥沥，所以楼内光线不足。可就算不是这种天气，走廊的阴森也不会打丝毫折扣，充斥着让人不想下去的氛围。

真讨厌啊……

小爱第二次在心里嘀咕，缓缓走下楼梯：毕竟是外婆托她办的事，都走到这儿了，总不能掉头回去吧。

走到楼梯底部时，视野忽而转暗。她朝走廊左右看了看，只见天花板上的电灯光线微弱，怎么看怎么让人不安，仿佛再闪几下就会悄然熄灭似的。

沿走廊向左走，在第一个拐角处左转。前方不远处的左侧墙上有团亮光。光是从开了个口子的长方形空间漏出来的。走到亮光前一看，敞开的门洞左侧挂着名牌——"怪异民俗学研究室"。

第一章　行尸走肉

还真有啊。

找不到这间屋子的话固然麻烦，然而当它真真切切出现在眼前时，小爱却生出了某种奇怪的困惑，就好像小说里虚构的东西突然蹦了出来。

"打……打扰了。"

里面好像有人，所以她边打招呼边往里走。

"哇……"

走着走着，小爱不自觉地发出惊呼。

尽管能从走廊上看到研究室的一角，可藏书的数量还是突破了小爱的想象。书架不光是墙边有，还有好几列横贯室内空间。那些书架遮挡了视线，没法一眼望到深处。于是小爱只能绕着书架往前走。

除了书架上一字排开的书，书与书架之间的缝隙里、书架的顶端、研究室中间的工作台、深处靠窗的书桌上和地上都堆满了书。

简直跟旧书店一样。

这便是脑海中最先浮现的感受。但小爱很快就推翻了这个想法。

跟旧书店不太一样……

"被大量书本环绕"是这间研究室和旧书店的共通之处。但小爱总觉得，这里还有某种不同寻常的特质。

哪里不一样呢？

不知为何，她竟觉得在细细环顾四周的过程中，片刻前并未出现在视野中的东西突然宣扬起了自己的存在。就好像它们之前一直隐藏得很好，直到此刻才现身于她面前。

那是埋藏、夹杂在大量书籍中的木雕面具、草编人偶、纸船、圆镜、陶质摆件、好几根绳子、大大小小的壶、狐狸和狼的雕像、打磨得如美玉般光亮的石头、和服丽人的黑白照片、露出几行陌生古文的和纸卷轴……全是些极有可能具有民俗学意义的东西。

那些怎么看怎么有故事的东西，都被相当随意地放在研究室各处。

这……这是……

小爱感觉到了它们散发出的骇人气场。凝眸观察后她竟发现，这样的东西不是在研究室里随处可见吗？

原因就出在这儿吧……

小爱确信，这间研究室之所以有"闹鬼"的传闻，肯定是因为显然很有来头的东西（里头搞不好还有需要妥善供奉的东西）齐聚一室，却又被乱放一通。哪怕考虑到室内的电灯只开了一半，她还是有种自己被瘆人的玩意儿团团围住的感觉。

难道老师什么都感觉不到吗？

小爱越想越觉得不可思议。但她很快便想起刀城言耶本就很少来这里。想必对他来说，这间研究室不过就是存放书籍和藏品的仓库。

第一章　行尸走肉

有趣的是，在打量这幅杂乱无章到极点的景象时，小爱竟生出了这么一个念头：说不定这些东西都是按照刀城言耶独有的思路分门别类摆放的……

不能……吧。

小爱摇头推翻了自己的猜想，绕过近处的工作台，再绕过一列书架，来到了研究室深处的书桌前。

桌上有一沓四百字一页的稿纸。一见稿纸，小爱的心跳瞬间加速。

搞不好是老师正在写的小说。

她也知道擅自翻看是不对的，可就是抑制不住内心的好奇，于是垂眸看去。

谁知第一张稿纸的第一行写着丝毫不像怪奇幻想小说的标题——《青春脉动》。边上还有个陌生的名字——"天弓马人"。日语是念"Tenkyu Mahito"吗？

会不会是老师的新笔名啊？

可这名字跟东城雅哉差太远了。看到"天弓马人"这个名字，小爱最先联想到的是希腊神话中的半人马，这并不契合刀城言耶的一贯形象。

小爱抱着疑念查看起了书桌上的东西。就在这时，几本杂志引起了她的注意。其中有一本是她也看过的文学杂志《柘榴》，另一本名为《新狼》的杂志她却闻所未闻。拿起来一看，像是同人志，封面上印着天弓马人的名字和作品名《朝霭的气息》。此外还收录了小松纳敏之的《偏光》、泉薰子的《拦住流沙》、弦矢骏作的《胧月夜的香味》、夏目雪寿子的《曲解》等等。

是纯文学吗？

小爱翻了翻杂志收录的其他作品，无奈得出了这个结论。换句话说，这些杂志也许和刀城言耶全无关联。

哦，我要见的就是他吧……

这个人肯定是我们大学的研究生或别的什么学生，在给老师当助手——今日来访的目的终于和"天弓马人"这个名字挂上了钩。就在小爱恍然大悟时——

"言耶在吗？"

冷不丁从走廊传来的声音把小爱吓了一跳。一方面是因为突然，另一方面则是因为对方直呼了刀城言耶的名字，语气还轻飘飘的，显然全无敬意，叫她吃惊不小。

她急忙走回能看到门口的地方，只见一个不到四十岁、戴着眼镜的长脸男子从走廊探出头来。

"老师这会儿不在。"

小爱答得毫不含糊。那人面露讪笑，以揶揄的口吻回了一句：

"老师啊……"

随即补充道：

"劳你给那位老师带个话，让他赶紧交论文吧。"

"请……请问您是……"

第一章　行尸走肉

"保曾井[1]副教授。"

对方报出一个与脸型很是相称的姓氏。不过比起自己的名字，他更想强调的似乎是"副教授"这几个字，听着格外阴阳怪气。

啊，对对对，刀城老师就是个特聘讲师呗。

小爱本想反唇相讥几句，可是转念一想，当事人刀城言耶怕是根本就不会放在心上，于是便乖乖回答：

"好的，我会转达的。"

保曾井许是很满意她的态度，连珠炮似的问道：

"你是我们学校的学生？哪个院的？叫什么名字？是哪几个字？"

小爱只得如实作答。

"很欢迎你这样的学生来我的研究室小坐哟。"

聊到最后，保曾井竟还发出了让人毛骨悚然的邀约，搞得小爱烦不胜烦，但她还是笑眯眯地送走了对方。她生怕在这里冒犯了人家会给刀城言耶添麻烦。

不过话说回来——

天弓马人上哪儿去了？虽说没跟他提前约好在今天见面，但他应该知道近期会有人在傍晚造访这间研究室才对啊。

不是说他一天到晚都窝在怪民研吗？

---

[1] "保曾井"的日语发音为"Hosoi"，与"细"相同。

无奈之下，小爱走向研究室深处的书桌，坐在配套的椅子上，读起了《新狼》上刊登的那篇《朝霭的气息》。

嚯，文笔还不错啊……

虽然第一印象不过如此，但读着读着，她便不自觉地沉浸在了青年主人公的喜怒哀惧之中，全神贯注地追随着他的思绪。

所以正后方骤然响起一声大叫时，她差点从椅子上跳了起来。

三

小爱战战兢兢地转动椅子，回身看去，只见一个二十出头的男子正僵立在横贯研究室的书架旁。

他双手紧紧捧着一册大开本的书，可见是边看书边往里走的，快走到书桌了才察觉到小爱的存在。虽说他此刻表情僵硬，但样貌相当俊朗，给人以知性斯文的印象。

"是天弓先生吗？"

本以为能得到肯定的回答，可对方的神情竟有几分莫名的古怪。

他不会是把我当鬼了吧？

不能吧——小爱险些苦笑，可是看对方的态度，搞不好还真是这么回事。

第一章　行尸走肉

"你就是天弓马人先生吧？"

小爱觉得当务之急是明确对方的身份，然后自报家门，所以才问了这么一句。谁知对方给出的回答让她大跌眼镜。

"老师说过……绝不能把自己的名字告诉妖魔鬼怪。"

"谁……谁是妖魔鬼怪啊！"

"比如会变成女人的那种……"

"那……那种什么？"

"狐狸、貉子、獾子之类的。大学的后山里有狐狸也很正常。"

小爱大感困惑。照理说她该一笑了之，可眼前这位散发着叫人不敢轻易断定"这是玩笑话"的气场。

"那——"

何需深思熟虑，这番对话实在荒唐到了极点——她干脆利落地得出了结论。

"我先自报姓名吧。我叫瞳星爱，是刀城言耶老师让我来的。"

"我就是天弓马人。"

刚做完自我介绍，对方便毫不犹豫地承认了，这反而让小爱有些措手不及。

谁知天弓刚露出"总算能松口气了"的神情，便再一次语出惊人。

"你就是那个同性爱[1]？"

"啊？"

"我听保曾井老师提起过你。"

"什……什么——"

小爱听得满头问号，却又急于澄清。

"这话从何说起啊，我……我不是啊，我——"

我喜欢男的——话都到嘴边了，小爱才意识到这么说怕是会引来别的误会，顿时羞红了脸。

"哦，你放心……"许是小爱的态度让天弓会错了意，"我向来认为，我们无须区分爱这种情感的对象是异性还是同性。"

这么说显然是怕冒犯了小爱，这反而让她更加焦急了。她本人对同性之爱并无偏见，但她还是想解开这个莫名其妙落到自己头上的误解。

"呃……我……"

可是该怎么解释呢？就在她一筹莫展之时——

"你是不是很纳闷？"

天弓抿嘴一笑。

"啊？……纳闷什么？"

"纳闷保曾井老师怎么知道你是同性爱的。哦，我知道你

---

[1] 日语中"同性恋"的意思。

第一章　行尸走肉

八成不是，问题是他为什么会这么说呢？"

"我……我也不知道。"

小爱仍是一头雾水。就在这时，天弓问她的名字是哪几个字，她便照实说了。

"原来保曾井老师把你的姓氏'瞳星'念成了'同性'[1]，跟名字连起来就成了'同性爱'。"

"他……他怎么比小学生还幼稚啊！"

听到小爱脱口而出的吐槽，天弓笑出了声。

"他还说你有一双写满好奇心的美丽眼睛，把姓氏倒过来念成'星瞳'倒是恰如其分，人也跟名字一样可爱。"

突兀的赞美外加与阴森的地下研究室格格不入的灿烂笑容，小爱不由得心头一颤。

咦……

但她很快生出了另一个念头：天弓是不是在拿她寻开心啊？此刻的她很确信，天弓在说出"无须区分爱这种情感的对象"时是知晓内情的。

可他为什么要……？

唯一的头绪就是天弓在研究室发出的那声惨叫。那肯定是他看到小爱坐在办公椅上的背影时下意识发出的叫声。

那也说不通啊。

---

[1] "瞳星"日语读作"Tōshō"，被保曾井念成了"Dōsei"，即"同性"的发音。

既然保曾井跟他提起过自己，那他在这间研究室里看到陌生的女人时应该会立刻联想到自己才对，怎会惊讶成那副样子？实在是说不通啊。

啊……不会是他胆子特别小吧？

保曾井跟他说过研究室来了人，可实际看到小爱时，他还是不由自主地惨叫起来……如果之后的奚落是为了出一口闷气的话……

被小爱端详了片刻，天弓的笑容逐渐紧绷，神情也愈发忐忑不安了。

"你来研究室是有事情要谈吧？"

许是为了掩饰自己的慌张，天弓请小爱落座在和工作台配套的椅子。如此一来，小爱便坐在了研究室的里侧，而他的位置更靠近门口。乍一看，小爱就跟老师似的，天弓反倒成了学生。

他是刀城老师的助手吗？

看年纪，应该是研究生。但小爱又觉得他的气场有别于其他研究生。

小爱又打量起了天弓。许是被看烦了，天弓催她往下说。

"然后呢？"

她便反问道：

"刀城老师什么都没跟你说吗？"

"没有。他只是通知了我一声，说有个本校的学生会来讲

第一章　行尸走肉

述自己的经历，让我帮忙记下来。"

难怪……小爱生出了些许同情，但急忙在心里摇了摇头。

同情他干吗，他刚才还笑话我呢……

"你不想说？"

质问来得过于突然，搞得小爱很是不解。不过意识到自己不是在"心里"摇了摇头，而是真对人家摇了头，她顿感两颊发烫。

"不……不是的……"

"那就赶紧说说你的故事吧。"

小爱被那冷冰冰的语气惹恼了。

"我可不能跟一个连自我介绍都没做的人随便乱说。"

"我叫天弓马人，是这所大学的毕业生，在校期间通过写作认识了刀城言耶老师。这间研究室刚成立的时候，我还在本校读研究生，于是老师便让我帮忙照看一下这里，整理整理藏书和藏品。作为交换，我可以随意使用这个房间，所以平时常窝在这里写小说。你满意了吗？"

小爱惊讶于天弓的侃侃而谈，便也想做个自我介绍。

"咱……呃，我[1]——"

"为什么改口？说关西方言也没关系啊。"

"哦……哦……呃，我是本校——"

---

[1] 小爱原本用的是关西方言，后来改说了普通话。

"不用自我介绍,直接说正事吧。"

"啊?"

小爱气得鼓起了腮帮子。不过细想起来,"自我介绍"确实是她单方面提出的要求。话虽如此,她又不愿意任由他摆布,于是便道:

"我和父母都是关西人,但外婆是——"

"都说了不用自我介绍了。"

天弓说得斩钉截铁。小爱则一本正经道:

"这是我接下来要讲述的经历的背景,不是随随便便的自我介绍。"

她如此声辩,并讲述了自己和家人的大致情况。虽然走到这一步不过是事态发展所致,但小爱竟觉得跟他说这些很有意思,也不知是怎么回事。不过她很快就说到了那起事件。

"那段瘆人的经历发生在我十岁的时候。"

"总算说到正题了……"

一直默默听着(大概是早已放弃了打断)的天弓叹着气说道。但小爱没有理会,继续往下说。不,她决定绕个更大的弯子。

"那年我照例去外婆家过暑假。外婆住在兜离之浦的波鸟镇——"

"等等!"天弓的反应正如她所料,"你刚才说你外婆住在濑户内海沿岸,原来是兜离之浦啊?"

第一章　行尸走肉

"对,波鸟镇就在潮鸟镇[1]边上。"

直到此刻,天弓脸上才多了几分好奇。

"奉刀城言耶之命心不甘情不愿地坐在这儿听人讲故事"的心态都写在了他的脸上,一看便知他觉得小爱的叙述"肯定不是什么大不了的事"。正是这种态度再次惹恼了小爱。所以她在介绍背景时刻意模糊了外婆老家的具体地名,只为在切入正题前吓他一跳。

"你知不知道刀城老师去兜离之浦的鸟坏岛参加了鵺敷神社的鸟人仪式,还遭遇了一起发生在拜殿的密室失踪事件——"

"知道。"

"你怎么知道?"

天弓再度面露疑色。小爱猜想,这许是自负作祟——他认定自己才是唯一熟悉刀城言耶事件簿的人。不过要真是这样,那倒是好办了……小爱暗自欣喜。

"你听说过潮鸟镇的海部旅馆吗?"

"当然。"

"旅馆的老板娘和我外婆是老相识。"

"哦,原来是这样……"

天弓立刻反应了过来,这肯定是因为他清楚刀城言耶有一

---

[1] 《如凶鸟忌讳之物》故事的发生地。《如凶鸟忌讳之物》是三津田三信三"刀城言耶系列"中的一部,与本书的背景相同。下文提到的刀城去鸟坏岛的事件即是《如凶鸟忌讳之物》中的故事。

个习惯：时不时给自己遇到的事件的相关人员写信。有时是因为担心对方的后续情况……但大多数时候是为了询问事后有无异变发生。不难想象，有一封带着这种意图的信寄到了兜离之浦，寄到了海部旅馆老板娘的手里。

"外婆告诉老板娘，自家的外孙女考上了大学，老板娘就提起了刀城言耶老师。于是外婆便想，学校里有位这么有意思的老师，我的经历说不定能派上什么用场。"

"于是海部旅馆的老板娘就给老师写了信，说有你这么号人？"

"是的。外婆先跟我写信提了这件事，后来刀城老师也来了信，让我找个傍晚来一趟，无所谓哪一天。说是研究室有个年轻人替他照看着，跟他说就行了——这就是事情的来龙去脉。"

"这番解释可真够长的。"

当事人并不像是在阴阳怪气的样子，小爱听着却分外刺耳。正要反驳——

"啊，你的经历不会跟鸟女——"

话才说了一半，天弓却突然露出了惴惴不安的神情。不对，他好像是真的对这个话题有所抵触。

真是个胆小鬼吧。

亏他当得了刀城言耶老师的助手——小爱一边在心里嘀咕，一边窃笑。这下说起来可就带劲了。

"话说那一带有这么一个说法：在海底要注意共潜者，在

第一章　行尸走肉

海上要小心船幽灵，在空中则要提防鸟女……"

"我……我知道啊。"

见他是这个反应，小爱强忍着没笑出来。

明知道我的故事是要讲给刀城老师的，他却完全没想过是恐怖的内容，这也太离谱了。

知性斯文的第一印象出现了微妙的动摇。

顺便一提，"共潜者"是一种海底的妖怪。这种妖怪会变成渔女，悄然接近潜入海底采集鲍鱼等海产品的渔女，用手势告诉人家"我知道一处鲍鱼很多的地方"。如果渔女兴高采烈地跟去了，就会被活活淹死……将这则怪谈理解为教导人们"不要贪心"的寓言也并无不可。

"船幽灵"则是一种海上的妖怪。渔船在近海捕鱼时，这种妖怪会突然把一条胳膊伸出水面，说"借个舀子给我"。渔民若是照办，它就会用舀子不停地往船里舀水，最终导致渔船沉没……要想逃过一劫，交出舀子的时候必须在舀子底部开个洞。

"鸟女"则是兜离之浦民间传说中的一种妖怪，据说是修道者堕落后所化，但仍有许多未解之谜。

"然……然后呢——"

天弓继续催促，神情依然忐忑。于是小爱明确否认：

"我要说的不是鸟女。"

此言一出，天弓明显松了口气。

"但渔民不是都比较迷信吗？"

"啊……"

小爱这么一补充，天弓的神情顿时就被打回了原形。

"你听说过'亡者'吗？"

"是刀城老师探访民俗时常听说的那种妖怪吧。我印象比较深的是波美地区和强罗地区……"

"其他地方的情况我也不太了解，不过兜离之浦自古以来就把溺死者的亡灵称作'亡者'。"

"'溺死者的亡灵'这个解释可能是各地共通的，但在波美地区，亡者现身特指发生在'沉深湖'这一山中湖泊的灵异现象。鉴于长期浸泡在水中的遗体会逐渐膨胀，有人认为'亡者'就是'膨胀之人'[1]的意思。强罗地区的传说则是因船只失事等海难事故死去的人的魂魄会化作亡者现身。"

"但这些地方的亡者都是出现在水里的吧？"

听到小爱如此求证，天弓毫不掩饰地蹙眉道：

"难道兜离之浦的亡者不是吗？"

"我小时候听外婆说过，以前偶尔有人会在太阳即将落山的逢魔之时[2]看到亡者摇摇晃晃地走在海边的亡者道上。"

"……"

见天弓全无反应，小爱略显眉飞色舞地讲述起了自己的经历。

---

1 日语中，"膨胀之人"（膨張する者）读作"bōchōsurumono"，可以略读为"bōmon"，与"亡者"的读音相同。——编者注
2 黄昏时分，日本阴阳道认为鬼神最容易在这一时间段出没。

第一章　行尸走肉

四

自记事起，瞳星爱每年夏天都会跟着妈妈回兜离之浦，去波鸟镇的外婆家小住。

小时候，她常和街坊家的孩子们一起玩，久而久之就交到了一个同龄的朋友——矶贝睦子。矶贝睦子生得相当矮小，但人很勤快，每天一大早就开始帮家里干活了，和成天无所事事的小爱对比鲜明。

从波鸟镇旁边的潮鸟镇往内陆方向走，沿七拐八弯的羊肠陡坡穿过镇中，便是一片名为"十见所"的高地。那里有定期开设的市集，供人们以物易物。

商贩们用轻型卡车从更靠近内陆的中鸟镇拉来各种肉类和生活用品。潮鸟镇等沿海小镇的居民则会带来形形色色的海产品。前者需要开车，放眼望去几乎都是男的，后者却是清一色的妇女。这固然有男人们都出海捕鱼的原因，但首要原因其实在于货物的运输方式。

从十见所俯瞰的乡镇风光，是小爱对兜离之浦最初的记忆。山头到海岸线的陡坡上挤满了小房子，仿佛是贴在坡上的一般。房屋之间则是一条条纵横交错的窄巷……每每想起兜离之浦，最先浮现在脑海中的都是那盆景般美丽却又略显封闭的景象。

受地理条件所限，镇上能开车的路寥寥无几，靠人力搬运货物成了理所当然。但男人得外出捕鱼，穿过小镇的巷子又都很狭窄，为了利用有限的土地建造房屋、开垦农田，人们不得不牺牲道路的宽度。

因此，兜离之浦发展出了"妇女头顶货物"的运货模式。在头顶放一个草编的圈垫或圆形的竹笸箩，再把装有货物的篮子或桶搁在上面，一边保持平衡，一边走向目的地。如此一来，哪怕在窄巷里迎面遇上了别人也能侧身让过去，还能解放双手——明明在搬运货物，两只手却能活动自如。

兜离之浦的妇女大多是从小就练这门功夫，所以年仅十岁的睦子也能帮家里干不少活了。但这种特殊的运货方法也不是每个本地妇女都会。不需要干活的人（好比船东家的夫人和小姐）和好吃懒做的人就不具备这项技能。

比睦子年长十岁的姐姐美子就是后者的典型。人如其名，她从小就是美人坯子，肤色也特别白皙，一点都不像在海边出生长大的姑娘，不知道的还以为她是什么大户人家的千金小姐呢。

以捕鱼为业的父亲总是格外疼爱这个女儿，捧在手心怕摔了，含在嘴里怕化了。母亲很是看不惯，但矶贝家向来都是父亲说了算。美子从小就敏锐地认清了家里的形势，动不动就寻求父亲的庇护，从不帮家里干活。

"人家个子矮嘛……"

这便是美子不学头顶货物的借口，但这门功夫当然与身高全无关系。如果身高真的那么要紧，还在上小学的睦子不就更没戏了吗？

美子外表上唯一的缺点就是个子偏矮。她都成年了，却只比上小学的妹妹高出一个头，连她本人都担心妹妹是不是很快就会超过自己。不过她也清楚，大多数男人都觉得她"总是跟洋娃娃一样娇小可爱"。

不帮家里干活的借口，在不知不觉中变成了讨好男人的花言巧语。这也确实像美子的风格。

"这也太不公平了。"

听说睦子不光要帮家里运货去市集，平时还要洗衣做饭、劈柴烧水，年幼的小爱心直口快道。

"可是姐姐真的好漂亮呀。"

但意外的是，睦子本人好像并无不满，还反过来帮姐姐辩解。

她们十岁那年夏天，一个男人成了兜离之浦舆论的焦点。

本镇船东鲸谷家的洋房建在波鸟镇西头的山崖上。就在那年春天，老当家的侄子昭治莫名其妙住进了洋房。坊间盛传他在男女关系上惹了麻烦，城里的父母家是住不下去了，于是便逃到了这里。小道消息传得有鼻子有眼，可没人知道真相究竟如何。

不过乡亲们都觉得八九不离十。因为昭治虽已三十出头，看起来却比同龄人年轻十岁，长得也温文尔雅。昭治刚住进鲸谷家一个多月，就跟本地的好几个姑娘传了绯闻，这便是铁证。

镇上的男人大多是性情火暴的渔夫，个个都觉得自己最有本事，岂能忍得下这口气。情势一触即发。要不是昭治顶着"船东侄子"的身份，怕是早就打起来了。

"那种软弱男有什么好的？"

在酒馆聚餐时，男人们都是满腹牢骚。他们个个身强体壮，昭治体格瘦小，可姑娘们怎么偏偏就看上他了呢？大家百思不得其解。

"哎，你们觉不觉得那豆芽菜跟小平家的功治还挺像的？"

小平功治也是个和渔镇格格不入的人。他个子不高，肤色偏白，性格文静，不爱动粗。镇上的男人大多以捕鱼为业，他却从事着与十见所市集相关的工作，工作态度很认真，也不似鲸谷昭治那般体弱多病。他很孝顺卧病在床的老母，平时省吃俭用，盼着有朝一日攒够了钱开店做生意。因为他为人踏实，镇上的老一辈都看他顺眼得很，可姑娘们都不把他放在眼里。

"哦，确实很像。"

有人点头赞同，于是大伙儿七嘴八舌聊了起来。

"可没人瞧得上功治，只有昭治讨女人喜欢，真是奇了怪了。"

"还不是因为功治家里穷，昭治却是船东的亲戚。"

"名字也只差了一个字。"

"跟名字有什么关系啊？"

"名字像，长得也像，别的就差远了。功治工作兢兢业业，昭治却游手好闲，每天只会到处乱逛。"

第一章　行尸走肉

"你以前可没少说功治的坏话，老骂他是娘娘腔。"

"我……我是说过这话没错，可是跟昭治那小子比起来，功治就正经多了。"

"人家可是在老老实实上班赚钱呢。"

"昭治有的是钱，也不用吃那份苦吧。"

"说到底还是看钱啊。"

"不，没那么简单。他俩确实有点像，可细看就差多了。昭治身上有种功治没有的魅力。"

"你说这话就不嫌恶心啊。"

"你到底是哪一边的？"

"我只是实话实说嘛——"

"还是得好好教训教训昭治。"

此言一出，酒馆里一下静了下来。

"我倒觉得不妥。"

片刻后，某个发言一直都很中肯的人再一次发表了客观冷静的意见。

"昭治个头小，身子也弱。要是咱们下手没个轻重，搞不好会闹出人命来。就算只让他受了点轻伤，也会让姑娘们加倍同情他的。"

"真到了那个地步，日子就没法过了。"

众人达成了这样的共识。但只要昭治还在拈花惹草，镇上迟早会出事的——所有人都忧心忡忡。

谁知当事人鲸谷昭治突然老实了。他原本从早到晚游荡在兜离之浦的各个小镇，一会儿招惹这家的有夫之妇，一会儿勾搭那家的黄花姑娘。可不知为何，他竟跟变了个人似的，开始闭门不出了。

"八成是鲸谷家的老爷看不下去，说了他一顿。"

男人们都松了一口气。但事实并非如此，鲸谷家老爷向来是对侄儿放任自流的。

那昭治怎么就莫名其妙转了性呢？真相大白时，乡亲们全都瞠目结舌，连连感叹他瞒得好。许是各方面的条件都比较凑巧，也可能是他运气好，但他自己怕是做梦也没想到，好运也会有到头的一天。

虽然昭治大部分时间都窝在鲸谷家，但他每天傍晚都会出门散步，沿海岸边的小路从西头的鲸谷家走到东头的惠比寿神龛。对他而言，这也是一种疗养。即便正值夏日，他出门时也会穿上风衣，因为傍晚偶有寒风。据说那件风衣用料轻薄，不是冬天穿的那种。也许是因为风衣是黑色的，披着它的人又面无血色，以致镇上的孩子们都望而生畏。

就跟亡者似的……

有孩子这样嘀咕，很多孩子也都觉得昭治的模样看着令人害怕。

大人们听到了都会责备一句"别乱说"，但也只是嘴上说说而已。毕竟除姑娘们以外，兜离之浦的乡亲们对昭治全无好感，却又顾忌鲸谷家的权势，所以教训孩子的时候，语气难免会有些模棱两可。

更深层次的理由则是，那条由西向东的海边小道在过去被称为"亡者道"。

因意外死在海上的人化作亡者，回归故里。

亡者在亡者道徘徊游荡，物色可以附身的活人。

成功附身活人后，亡者便能离开亡者道。

它们会深入乡镇的小巷，寻找下一个倒霉鬼。

这就是兜离之浦的民间传说。尤其需要小心的是刚死不久的亡者。因为它们还没意识到自己已经死了，外表与活人差别不大，一不留神就会把它们错当成活人。说白了就是被它们附身的风险比较高。

第二次世界大战结束后，部分本地旧习随着西方文化的迅速传播自然消亡，但也不是所有的习俗都消失不见了。

"天黑了还在外面瞎玩会被亡者抓走的。"

仍有许多父母和祖父母如此告诫自家的孩子。换言之，人们把亡者的存在用作管教孩子的工具了。对家长而言，"四处游荡的亡者"显然比"只在亡者道上出没的亡者"好用得多。久而久之，便只有"亡者"的概念流传了下来，"亡者道"的范围反而被人们遗忘了。

但鲸谷昭治的所作所为让亡者道重新回到了人们的视野之中。当遗忘多年的旧习被重新记起时，其内容也会自然而然地随之复苏。所以对兜离之浦的乡亲们来说，昭治就是个不折不扣的害人精。

黄昏时分的亡者道上，有来路不明的人走来走去……

流言四起。大多数人都觉得"来路不明的人"就是昭治，但也有人说不是……吓得孩子们心惊胆战。连比较迷信的大人都不敢在日暮时分靠近亡者道了，宁可绕远路，也要选别的路走。

万一在亡者道上遇到了亡者怎么办？

如果你发现迎面而来的是亡者，就得装出什么都不知道的样子，与它擦肩而过。千万不能转过身背对亡者。怕得转身就跑的人，反而会被附身。

与亡者擦肩而过时，绝不能直视它的眼睛，但也不能完全不看它。因为移开目光和背对亡者并无不同。全程都要将它留在视野中，尽可能自然地错身走过。

万一亡者跟你搭话（尽管这种情况很少发生），也绝不能回答。遇到亡者时一定要闭紧嘴巴，一个字都不能说。

只要做到上述几点，亡者就会渐渐走远，不至于盯上你。可要是哪个环节出了差错，即便当时逃过了一劫，也会被亡者牢牢记住，事后再找到你附身。对渔民来说，这往往意味着"在海上失踪"。

老一辈纷纷提起了关于亡者的传说，以致兜离之浦一度死气沉沉。虽说成年人大多不信这套，但渔民自古以来都是比较迷信的，惹不起，躲得起。一时间，人人都对傍晚时分的亡者道敬而远之。而绕开这条路就等于是间接避开了昭治，昭治就这样淡出了波鸟镇乡亲们的视野。

殊不知，有两个人很是欢迎兜离之浦的这一系列变化——正是昭治和美子。因为他们偷偷好上了，时常在神龛边的工棚（如今已沦为堆房）幽会。

五

瞳星爱的叙述终于进入正题。大略如下——

事发当晚八点不到，鲸谷家鸡飞狗跳，因为昭治不见了。

"小少爷跟平时一样，五点半左右出门散了个步——"鲸谷家的老保姆泷田金子作证说，"回来得比平时稍晚一些，大概是不到七点。嗯，平时六点半就到家了，今天却是六点五十分左右才回来。可能是累着了吧，他一到家就回了自己的房间。约莫过了五分钟，我想去看看情况，便轻轻敲了敲房门，听到他轻轻哼了几声，就没有进屋打扰。过了大概一个小时，我想着该请小少爷用晚饭了，便去房间叫他，可他一直都不应。我还以为他睡熟了，开门探头一看，谁知屋里根本就没人，床上也不像有人躺过的样子。今天明明已经散过步了，小少爷怎么又出去了呢？以前可从没出过这种事啊，都这么晚了……"

称呼一个三十出头的大男人为"小少爷"确实有点奇怪，不过昭治小时候常来鲸谷家做客，金子对他的印象恐怕还停留在那个年代。再加上鲸谷家的孩子们都离家独立生活了，她已有许久没有照顾过"孩子"了，而暂住的昭治恰好填补了这个空缺。

昭治老大不小了，就算一时不见人，照理说也不该如此惊慌。而且他风流成性，真彻夜不归也没什么稀奇。

问题是，昭治此前从未有过在外过夜的情况。而且他近来总是待在家里，几乎只在傍晚稍微散会儿步。即便出门散步，也一定会在晚饭前回家。他偶尔会在散步归来后回房休息片刻，但绝不会错过晚饭。饭也不吃就再次出门的情况是从未有过的。

金子坚称此事非同小可。出于监护人的责任感，鲸谷老爷联系了派出所。派出所的辻村巡查立即赶来鲸谷家，听取了泷田金子的证词。虽然她年事已高，耳不聪目不明，但证词本身还是很可靠的，对时间的认知也没有任何问题。

"我先在您家周围找找看，还找不到就发动青年团开展大规模搜救。"

辻村巡查如此提议，鲸谷老爷点头赞成。于是警官就先在鲸谷家周围查看了一番。

其实辻村巡查此时已有了一个猜测。鲸谷家的房子建在波鸟镇西郊的山崖上，面向大海的山崖一角有座观景台，听说常有出海的渔民看到昭治站在那里。当然，渔民们是在白天目击到昭治的，照理说昭治也不会在大晚上跑去观景台，可眼下还无法排

第一章　行尸走肉

除这个可能性。而且观景台的栅栏偏矮，确实存在一定的风险。

怕什么来什么。辻村巡查赶到观景台时，竟发现栅栏跟前摆着一双鞋。

不会是寻了短见吧？

辻村巡查急忙赶回鲸谷家报信。船东老爷一声令下，让渔民驾船出海。奈何夜间的海上搜救难于登天，搜救范围也不仅限于鲸谷家所在的山崖下方，还得扩大至小镇东头的神龛之下。因为夏季傍晚至午夜，潮水是沿海岸线自西向东流的。

众人找了又找，却是一无所获。搜救工作在两小时后暂停，次日凌晨重启。最终，有人在东头山崖下稍往东一些的礁石处发现了一具残缺的遗骸。遗骸像是被本地人称为"魔深"的鲨鱼啃过，仅剩破烂内衣包裹的躯干，无法明确身份。后来还找到了右腿和左臂，但由于损伤严重，也无法提取指纹。

但兜离之浦并没有其他人失踪，而且遗骸还很新鲜，十有八九就是昭治。于是他昨天傍晚的行踪就成了问题的焦点。

当天下午，县警派出多门警部与数名刑警走访波鸟镇。有两个人在这个阶段提供了关键证词。其一是矶贝睦子，其二便是瞳星爱。

昨天傍晚不到六点的时候，正在准备晚饭的母亲吩咐睦子去一趟神龛附近的工棚，看看还剩多少柴火。

工棚是家眷们处理渔获用的，所以通常建在海边。但由于海边的不够用，波鸟镇东头的山崖上也建了个孤零零的工棚。但它的位置注定了来去不便，如今已然沦为邻近的几户人家劈柴的地方。除了过冬的柴火，工棚里还放了些干活时会用到的琐碎物件，成了不折不扣的堆房。

照理说，乡亲们都会等到残暑退去的晚秋时节再准备过冬用的柴火，但睦子的母亲已经在担心上个冬天剩下的柴火不够用了。

睦子按母亲的吩咐去了工棚，刚把手放在门上，正要推门进屋，却听见里头有些不同寻常的动静。

里面有人？

睦子蹑手蹑脚绕到工棚后面，透过原本就有的窗缝一看，一大团黑影映入眼帘，把她吓了一跳。

海……海法师！

还记得退休了的爷爷说过，他当年出海捕鱼时见过海法师。海法师浑身黑色，上半截呈半球形，下半截则像是直筒锅。它突然钻出海面，死死盯着爷爷的船。虽然它没有眼睛，但爷爷就是知道它一直盯着自家的船。

爷爷急中生智，挑了几条刚抓到的大鱼扔进海里。那海法师便太太平平沉入了海中。

海法师跑到工棚里了……

当时睦子是真以为自己撞见了海法师。谁知片刻后，大黑影突然裂成了差不多大的左右两半，让她惊诧万分。

海法师变成两个了……

第一章　行尸走肉

但战栗并未持续太久。因为她发现，分出来的两团黑影好像是两个人。但这也意味着，他们刚才是抱在一起的。

睦子在好奇心的驱使下凝眸望去。果不其然，一个好像是女的，另一个看着像男的。她又端详了一会儿，发现女的竟是姐姐美子，男的则是流言满天飞的昭治，她顿时惊呆了，心脏都差点从嘴里蹦出来。

他们在幽会……

睦子知道"幽会"这个词，能想象出片刻前相拥的两人肯定是在接吻。可她还不懂他们接下来会做什么。不过直觉告诉她，那是不该看的。更何况，工棚中的两人都一丝不挂。

于是睦子转身就走。但她又放心不下工棚里的姐姐，没法就这么回家去，只得在波鸟镇的小巷到处闲逛。

接受多门警部的问话时，当事人美子爽快地承认了和昭治幽会的事实，但她说他们完事以后就各回各家了。

多门问他们在工棚里待了多久。

"那我不知道。"

美子满不在乎地回答道。她终日游手好闲，会说出这种话倒也正常。刑警们走访了矶贝家周围的几户人家，找到了目击者——确实有人看到美子在六点二十分左右回了家。

多门根据泷田金子的证词梳理了鲸谷昭治的日常轨迹：

每天傍晚五点半出门，沿海边小路（亡者道）散步，五点四十五分左右到达工棚，与美子幽会半小时。六点十五分左右离开工棚，六点半回到鲸谷家。

但昨天傍晚，昭治回家的时间比平时晚了二十分钟。警方就此询问过美子。她说他们在工棚里待的时间并不比平时长多少，至少她是照常走的。那这二十分钟的偏差究竟因何而来？

就在这时，一条线索引起了多门警部的注意。鲸谷老爷称，昭治的父母有意给儿子安排相亲。他们一直在为体弱多病又爱拈花惹草的儿子物色良缘。昨天早上，鲸谷老爷收到了他们寄来的信，说是有了合适的人选，如果一切顺利，今年秋天就安排昭治相亲。

顺便一提，昭治的父母也在当天傍晚赶到了兜离之浦。一见到惨不忍睹的遗骸，母亲便昏死过去。父亲表现得很坚强，但两人也都无法确定死者就是自己的儿子。

多门有了一个假设：昭治和美子许是因为相亲一事在工棚爆发了争执，那神秘的二十分钟便是幽会后的争吵所致。也许昭治没有在见到美子后立即道出此事，而是拖到"完事"以后才说，这才激怒了美子。

美子在争吵中推了昭治一把，以致他狠狠撞到了头。他本就体弱，这么一撞就断了气。或者就是没死透，但不省人事了。

推理到这个节点时，多门警部做出了一个非常大胆的猜想。不，也许更贴切的词是"幻想"。

就在美子一筹莫展时，小平功治现身了。功治苦恋美子多年，却也知道自己的感情是不会有结果的，没想到美子竟和样

第一章　行尸走肉

貌酷似自己的昭治好上了，还跑来这样的工棚幽会。正因为功治倾心于美子，他才会发现两人的幽会，还恬不知耻地偷窥了好一阵子。

功治让美子回家，揽下了善后的重责。他脱下昭治的外衣和鞋子，把遗体（或不省人事的昭治）扛去了神龛所在的山崖，然后连人带内衣一起扔进了大海。功治自己则套上昭治的风衣，把他的鞋子藏在怀里回到鲸谷家，假装回房歇息，然后找机会溜出来，把鞋子放在了小镇西头的山崖上。

多门根据这套推理找小平功治问话，谁知对方的反应完全出乎了警部的预料。

"我怎么会看上那种从来不帮家里干活的女人呢？"

起初多门还怀疑功治是在装傻，但随着问话的深入，他愈发觉得功治是真的不喜欢美子。

为保险起见，警部让下属四处走访了一下，发现还真没一个人说"功治喜欢美子"，反而有很多人表示"美子那样的姑娘肯定不对功治的胃口"。

警部也询问过美子本人。"他可能是喜欢我的吧……"这个回答尽显美子的傲慢本色。但被问及功治有没有追求过她、有没有过那方面的表示时，她却勉勉强强否认了。

不过功治确实没有明确的不在场证明。事发次日是每月举办大型市集的日子，所以他在十见所忙到傍晚，又在五点半到六点半之间走访了周边各镇的船东，也包括鲸谷家。

于是小爱的目击证词就显得尤为重要了。当然，这并不意味着多门警部全盘接受了小爱描述的灵异事件，但他竟对小爱感受到的异样做出了合理的解释。

"一个刚杀了人的人，精神状态肯定是不正常的。与瞳星爱擦肩而过的就是刚把鲸谷昭治扔进海里杀害的小平功治。昭治并没有死在和矶贝美子的那场争吵中。功治早已察觉到这一点，却趁此机会除掉了情敌。路遇凶手时，年幼的少女发挥了分外敏锐的直觉，一下子就捕捉到了对方散发出的诡异气场……如此想来，瞳星爱的证词还是相当可信的。"

于是警方对小平功治和矶贝美子开展了正式审讯，可是查了半天都没能查出两人之间的交集。旁人的证词也无法佐证警方的推论。动机是功治不为人知的暗恋——这么想倒也说得通，可没有证据就不能抓人。

调查就此陷入僵局。

次日傍晚，尸检报告出炉。新的线索让多门警部重燃希望。

法医检验了疑似被鲨鱼啃咬过的遗体，推测死亡时间为前天下午五点到七点之间。

而睦子是在六点多目击到了和姐姐美子同在工棚的昭治，这意味着他死于六点到七点之间。

六点半刚过时，瞳星爱在亡者道与昭治擦肩而过。六点五十分左右，泷田金子见到了散步归来的"小少爷"。后来昭治回了自己的房间。五分钟后，金子前去查看情况。对照尸检报

第一章　行尸走肉

告，昭治就是在金子走后的五分钟内遇害的。

如此一来，凶手是美子的说法不攻自破，小平功治单独作案的可能性陡然上升。事发当天傍晚，他走访过各镇的船东。虽无法确定他造访鲸谷家的具体时间，但泷田金子很肯定那是在昭治回家之前。

莫非功治办完事后一直在鲸谷家附近躲着？等昭治回来以后，他便把人叫了出来，引去观景台，再伺机推入海中？如此假设的话，相关人员的行踪就都说得通了。

但警方又遇到了一个大问题：功治是如何在不被鲸谷家的任何人发现的前提下把待在房间里的昭治叫出来的？两人并不认识。就算功治对着昭治房间的窗户扔小石子发信号，也只会让对方起疑。而且光把人叫出来是不够的，还得把人引去观景台。功治真能在五分钟内解决这一系列的难题吗？

动机的问题也仍未解决。既然本案已不可能是"美子和昭治的争吵导致的意外死亡或谋杀"，那警方就只能假设"功治独自杀害情敌"了。

换言之，若没有"小平功治对矶谷美子爱到发狂"这个前提，推论就无法成立。

警方反复审问功治和美子，刑警们也多次走访相关人员，可愕是没发现支持这一推论的事实，反而搜集到了很多说"功治讨厌美子那种姑娘"的证词。

走到这一步，情势已十分明了：小平功治没有动机，警方也没找到证据。

于是警方再度推敲起了鲸谷昭治自杀的可能性。自己体弱多病、父母逼婚、被迫与美子分离……他倒也不是没有自杀的动机。与女友幽会后，他回了鲸谷家，但还是苦恼不已，于是偷偷溜出家门，从观景台跳海自杀。这就是警方最终得出的结论（也许多门对此并不满意）。

兜离之浦又有几个人能接受这个说法呢？据说许多熟悉昭治的姑娘都不由得苦笑，说"他哪是会自杀的人啊"。这本该是非常关键的证词，警方却置若罔闻。

警方也因此认定，和小爱在亡者道上擦肩而过的就是鲸谷昭治。小爱之所以觉得他古怪，许是因为他已面露死相——至少警方是这么认为的。

欸……居然没有否定死相啊。

这让小爱颇感意外。她本以为警察对这类说法是全盘否定的。

我看到的究竟是……

是下定决心要从小镇西头的山崖跳海自尽的鲸谷昭治吗？

可那种凶煞不祥的感觉又是……

她总觉得那是无法用警方认可的死相来解释的东西，是某种更让人毛骨悚然的东西。

难道跟我擦肩而过的是……

难道是刚从小镇东头的山崖跳海自尽的昭治？莫非他化作

亡者爬上了岸，走上了亡者道，所以她才会那般惊惧？

无论是哪种情况，昭治都是自尽而亡。

可是……

她就是觉得自己遭遇的是更邪恶的某种东西。所以她才会生出那般怪异的感觉，饱受折磨。

我是不是真撞见亡者了啊？

而且那是遇害之后被扔进海里的昭治变的……

随着时间的推移，这个念头变得愈发强烈了。每每想起那段经历，她都会不寒而栗，庆幸自己平安无事。

六

瞳星爱讲完以后，天弓马人仍是一声不吭，刚开始还脸色如常，此刻却略显苍白。

他是被吓到了吗……？

由于刚见面时的那声尖叫，小爱一开始便怀疑这人胆子小。如今她的猜测似乎已经得到了证实。

她讲述案件的经过时，天弓探出身子，很是起劲地询问各种细节，比如谁在几点出现在了哪里。谁知刚提起亡者道的那段经历，天弓便安分得一声不吭，变化之快让她大感震惊。

是不是不该在最后重提亡者啊……

小爱姑且做了下自我反省,却又无法忍耐长久的沉默,于是开口问道:

"这下刀城老师的收藏是不是就能多一个关于'亡者'的故事了?"

出乎意料的是,天弓给出了否定的回答。

"老师搜集的是在民俗学层面有价值的故事,因为大人提起的怪谈而误以为自己看到了妖魔鬼怪的小学女生的经历并不包括在内。"

"我看得真真切切的。"

"警方不是都下定论了吗?你看到的就是鲸谷昭治。他回家以后又溜了出来,从不远处的山崖跳海自尽了。"

"可很多认识昭治的姑娘都说他是不可能自杀的。"

"话说——"言及此处,天弓面露疑色,"你为什么这么熟悉案情?"

"因为这件事在当地是众所周知的,知名度仅次于刀城老师在鸟坏岛经历的那起案件,哪怕我不打听,也会听到各种传闻。后来我也是每年夏天都去外婆家过暑假的。"

"反正你看见的就是鲸谷昭治。"

"我都说了他不是会自杀的人——"

"那就是被凶手从小镇西头的山崖推下海的。"

"就在那短短的五分钟里?"

"这是最合乎逻辑的解释。而且法医给出的死亡时间也只

第一章　行尸走肉

是推测而已，应该还能往后推个十几二十分钟。"

"那凶手会是谁呢？"

"八成是暗恋矶贝美子但没有被警方注意到的人。"

"乡下的人际关系是非常紧密的，绝对瞒不住。"

"昭治和美子的关系不就瞒得很好吗？"

"那是因为他们本就和周围格格不入。小平功治和镇上的男人们不是一路人，可他的为人也是尽人皆知的。要是真有人肯为美子除掉昭治，大家肯定早就想到了。"

"那昭治就是在东头的山崖跳的海。而你产生了幻觉，误以为自己看到了他。听说幻觉有时是相当逼真的。"

"不，那肯定不是什么幻觉。虽然我在那天之前也就远远瞧过他几眼，但会在那个时间段出现在那里的就只有他了。再说了，我怎么会莫名其妙看到昭治的幻影呢？"

"这……"

"就算那不是昭治，我也敢对天发誓，我确确实实在那条路上迎面遇到了什么东西。"

"我都说了……"

"请问，你是不是害怕呀？"

此言一出，天弓即刻闭嘴。

"你一再否定我的说法，是不是害怕一旦采纳了我的说法，就等于承认了亡者的存在？"

天弓那张苍白的脸上才刚有了一点点血色，就在这时，他

用深沉得仿佛来自地心的声音说道:

"你……你说谁是胆小鬼、软脚虾、窝囊废啊!"

"呃……我也没说到那个地步。"

"不,你心里肯定就是这么想的!"

确实想过那么一下下……小爱把这句话咽回肚里,然后说道:

"我已经按老师的要求讲述了当年的经历。至于要不要收录,你和老师自行判断就是了。"

她打了声招呼,正要起身,却被天弓急忙拦住了。

"喂!等等!这个节骨眼上,你居然想自己走人?"

"我的任务已经——"

"讲完故事就结束了?这么个烂摊子你就撂下不管了?"

被天弓这么一提醒,小爱才注意到研究室的气氛明显比刚才阴沉了许多。仿佛是摆放在室内各处的神秘器物受她的讲述所影响,纷纷释放出了邪煞之气……

"可是——"她面露难色,"我说自己撞见了亡者,你却觉得不是那么回事,这要怎么……"

"肯定存在一个既能让你满意,又合乎逻辑的推理。在我得出那个推理之前,你就该老老实实在这儿待着。"

"你怎么这样……"

天弓的无理要求令小爱愕然。不过看到他专心致志推理的模样,小爱渐渐觉得再陪他一会儿也不错。想想还挺不可思议的。

"原来是这样……"

片刻后,天弓喃喃道。

"不是有一个非常简单的真相吗?只是之前我们都没注意到罢了。"

"啊?"

"在亡者道和你擦肩而过的就是鲸谷昭治。"

"那我问你,他是在鲸谷家所在的西头山崖跳了海,还是被人推下海的?"

"都不是。"

"那……"

"因为遇害的是小平功治。"

小爱没听明白,便没作声。天弓反倒滔滔不绝起来。

"事发当天早上,昭治看到了父母寄来的信,得知家里要安排他相亲。他心想再这么下去,家里肯定会拆散他和矶贝美子,逼他娶一个不爱的女人。他也想过和美子携手私奔,可家里不会因为他私奔了就死心。父母必然会在第一时间派人找到他们,棒打鸳鸯,把他给抓回来。于是他便盯上了跟自己长得很像的小平功治,打算把功治从神龛所在的东头山崖推下海,用作自己的替身。天知道昭治是如何把功治叫去了工棚,但他住在船东鲸谷家,找个由头还不容易吗?行凶后,昭治自己回到了鲸谷家,又去西头的山崖放下了鞋子,布置了投海自尽的现场。人们肯定会认定遗体是从西边漂去了东边——这就是计划的前提。功治的母亲卧病在床，总有办法糊弄过去的。而且功治一直在存钱，所以昭治能用这笔钱维持私奔后的生活。"

"欸……"

许是小爱的随口感叹让天弓愈发起劲了。

"但昭治误判了两点。其一，遗体遭鲨鱼啃食，无法明确身份。不过对昭治来说，这反而是天大的幸事。因为遗体越完整，人们发现'被害者其实是小平功治'的可能性就越高。最关键的莫过于手。如果遗体的双手完好无损，就很容易通过指纹锁定死者的身份。其二，昭治不知道法医能通过尸检推测出大致的死亡时间，导致多门警部怀疑起了遗体的落水点并非小镇西头，而是东头的山崖。'沿亡者道走回鲸谷家的昭治活像个亡者'的局面就是这样酿成的。"

"哦……"

"昭治的计划漏洞百出，可就是这些漏洞让案件变得扑朔迷离。你的目击证词也在这个过程中发挥了一定的作用。"

"原来是这样哦。"

小爱夸张地附和道，然后就没再吭声。天弓起初还是一脸得意，可是见小爱的神情迟迟没有变化，他便有些坐不住了。

"有什么问题吗？"

"说是说得通，可是伪装成小平功治的鲸谷昭治真能骗过所有人吗？"

第一章　行尸走肉

"卧病在床的老母还是很好打发的。至于街坊邻居，尽量不跟他们见面就是了。"

"不，我说的是警察。"

"无论是小平功治还是鲸谷昭治，对警察来说都是初次见面的陌生人吧。"

"可是在谈话的过程中，警察应该能通过口音分辨出对方是不是本地人的。"

"昭治小时候就常去鲸谷家做客，会说本地方言也很正常。"

"可是……"

小爱客客气气地提出了异议。天弓难掩烦躁道：

"可是什么？"

"出事以后，小平功治并没有和美子一起离开兜离之浦啊……"

"也没有分头走？"

"嗯，没有。"

"你不早说！"

尴尬的神情转瞬即逝，天弓再度陷入沉思。不过片刻后，他突然起身，在狭小的研究室里来回踱起了步。不仅如此，他还抽出架子上的书，随便翻上几页再插回原处，反反复复。翻看的书好像也是随机选取的。

这是他思考时的习惯吗？

小爱起初还是这么想的。谁知过了一会儿，他竟停在了一副乌黑的面具跟前，目不转睛地盯着它，看得小爱心里发毛。

他……他没事吧？

就在这时，天弓蓦然开口。那语气仿佛是在嘲笑她的恐惧一般。

"你在亡者道上遇到的，确实是一个'虽然死了，但还活着。明明活着，却已经死了'的东西。"

"这……这话是什么意思？"

"让你觉得'死了'的，是刚被切下不久的鲸谷昭治的头颅。而让你觉得'活着'的，是藏在风衣里把头颅顶着走的矶贝睦子。"

"……"

小爱张口结舌，说不出一句话来，可是，她却有种多年的心结豁然解开的感觉。刹那间，她恍然大悟——天弓的推理正中靶心。

"多门警部最初的猜想恐怕是正确的。"

说完这句开场白后，天弓再一次滔滔不绝起来。

"在工棚完事后，昭治告诉美子家里要安排他相亲，提了分手。美子一怒之下推了他一把，结果他就断了气。但之后的情节就和警部的猜想有所不同了。在美子危难之际现身相救的不是小平功治，而是她的妹妹睦子。睦子刚意识到工棚里发生了什么，就立刻决定帮助姐姐。她让美子先回家去，然后用工棚里的

第一章　行尸走肉

斧头砍下了昭治的头和四肢。工棚是砍柴和存放柴火的地方，肯定有斧头。而且睦子平时常帮家里劈柴。至于她为什么要肢解遗体，理由有两个。其一是方便将遗体从工棚运到小镇东头的山崖，扔进海里。虽说昭治身材矮小，可毕竟是成年男性，睦子肯定扛不动。其二则是为了让人在美子回家后目击到活着的昭治。在这个环节，睦子的头上功夫发挥了关键作用。偷窥工棚时被她错当成海法师的黑影正是抱在一起的昭治和美子。她说'大黑影突然裂成了差不多大的左右两半'，可见两人的身高应该差不多。美子比睦子高出一个头。也就是说，只要睦子顶着昭治的头，就跟生前的昭治一般高了。"

"可……可是……"小爱高度认同天弓的推理，可还是有些难以置信，"睦子应该不知道我会走亡者道啊。"

"想到这个主意的时候，睦子肯定也担心过露馅的风险。目击者越多，露馅的概率就越高。所幸傍晚时分的亡者道向来冷清，几乎没人会走。所以睦子原定的目击者是眼睛和耳朵都不太好的老保姆泷田金子。制订这个可怕的计划时，她就当场从姐姐那里打听到了金子的身体情况和昭治的房间所在的位置。就算美子从未去过鲸谷家，好歹也听昭治说起过。"

"头顶东西的时候要用的草编圈垫或圆形的竹笸箩呢？"

"工棚里还放了些干活时会用到的琐碎物件，睦子很可能在里面找了个替代品。死后分尸的出血量不会很大，但脖子的截面还是得裹起来，裹头的东西应该也是在工棚现找的，可能是被害者的衣服。"

"睦子是想把昭治的死伪装成自杀？"

"虽然有点牵强，但也没有更好的法子了。而且警方最后也确实是按自杀结的案。"

"昭治的鞋子呢？"

"可以解放双手是头顶货物的一大优点，手里拿一双鞋对睦子来说不成问题。她在鲸谷家让泷田金子看到了自己，然后进昭治的房间等了一会儿——其实金子来查看过一次，差点就暴露了——再偷偷溜出去，把鞋子整整齐齐放在西头的山崖，头和风衣则扔进海里。如果人们在东西两座山崖之间打捞起了这两件东西中的任何一件，说不定多门警部也能推导出案件的真相。"

"真不敢相信，睦子瞒着我做了那么多事……"

"你在擦肩而过后听到的那声'低吼'肯定是睦子长出的一口气，她是在庆幸没被你瞧出来。"

迟来的震撼让小爱大受打击。天弓却是喜气洋洋，与她对比鲜明。他突然宣布：

"很好，这下亡者就只存在于传说之中了。"

"……"

小爱深深注视了他片刻，客气地提了一个问题：

"我想请问一下……你是不是不太喜欢这种怪谈似的故事呢？"

第一章　行尸走肉

她觉得自己的措辞已经足够谨慎了，可天弓还是一脸不情愿地回答道：

"我倒也不是怕怪谈、不敢听怪谈、吓得讨厌怪谈——"

不不不，这样子显然就是怕啊……当然，她把这话咽了回去，没说出口。

"听你说这些，也不过是在帮刀城老师搜集怪谈罢了。"

"这我知道，可真要说起来……如果非要分个明白的话，你应该是不太喜欢的吧？"

小爱再次谨慎询问。他特别勉强地点了点头。

"研究室里有这么多一看就很有来头的物件，亏你能天天窝在这里写小说。"

"别说了……"天弓面露不悦，"我都是尽量让自己忘记，尽量不去想的……"

"啊，我就知道。那为什么非要待在这儿呢？"

"因为这里足够安静，又能独处，找不到比这里更适合专注写作的地方了。"

"就不能去阅览室吗？"

"在某些时候和场合，阅览室也会有人交头接耳的。"

说着，他将目光投向小爱，意思是"我说的就是你这样的女生"。

"也就是说，写作在你心里的优先级是最高的？"

"那是当然。"

正事都谈完了,你赶紧走吧,别碍着我写小说——他的言外之意别提有多明显了。这让小爱气不打一处来。

"话说小平功治——"

"嗯?"

"后来他娶了一个内陆小镇出身的姑娘,用攒了很久的钱开了家店,实现了多年的心愿。"

"哦。"

她并没有因为天弓不走心的附和而气馁,继续说了下去。

"出事以后,我跟睦子就渐渐疏远了。一方面是因为美子的举止越来越不对劲了,她不得不承担起照顾姐姐的重责。但另一方面睦子自己肯定也受到了案件的影响。"

"这也是难免的。"

他姑且应了一句,但片刻前的热情早已荡然无存。

"说起美子……后来她每天傍晚都要去亡者道……"

"啊?"

"神情也特别古怪……而且旁人怎么拦都不听,于是家里只能让睦子跟去盯着。"

"喂——"

听到这里,天弓才生出了不祥的预感。他本想插嘴,可小爱置之不理,继续说道:

"那年晚秋的一个傍晚,美子照例去了亡者道,睦子则在远处看着她。谁知睦子稍不留神,美子就不见了……那一带视野开阔，根本没有可以藏身的地方。可是睦子移开目光的时间又很短，跳海也是来不及的。为防万一，睦子立刻看向海面，却也没发现有人跳海的迹象。渔民们听说以后也帮着出海搜寻，可到头来还是没找到美子。"

"……"

"再后来，有人在亡者道目击了一个相当诡异的东西。"

"什么东西？"

"第一个看到那东西的是个孩子，他说那东西很像在学校图书馆的图鉴上看到的图腾柱……"

"……"

"后来又出现了第二个、第三个目击者。人们结合了三个人的说法，好不容易拼凑出了那个诡异东西的模样……"

"快说啊，他们到底撞见什么了！"

"据说那东西有两个头，一上一下……"

"……"

瞳星爱撂下欲言又止、僵在原地的天弓马人，快步走出研究室。

沿走廊走了没几步，就听见背后似有喊声传来：

"喂，你给我回来——！"

但小爱并没有停下，她带着得意的微笑扬长而去。

第二章 无头女迫近

第二章　无头女迫近

一

从某种角度看,杏莉和平之所以会造访武藏野飚吕丘的头类家,之所以会目睹那般骇人的景象,皆是因为他钟爱的推理作家约翰·迪克森·卡尔[1]。

初三那年的秋天,中考在即的和平迷上了卡尔的作品。在那之前,和平也看过不少外国侦探小说,但那些作品并没有出类拔萃的诡谲感。即便作品中出现了看似离奇的谜团,也不过是刺激求知欲的装饰,不至于让他生出恐惧。

迪克森·卡尔则不然。他的作品中常有诅咒、祸祟、幽灵等各种灵异元素,为案件蒙上了厚重而深沉的阴霾,有时甚至会出现讲鬼故事的情节。听说卡尔的作品大多是这种类型,和平就

---

[1] 约翰·迪克森·卡尔(John Dickson Carr,1906—1977):曾用笔名"卡尔·迪克森""卡特·迪克森"和"罗杰·费尔拜恩",和阿加莎·克里斯蒂、埃勒里·奎因并称"黄金时期三巨头",擅长密室题材。

产生了偏见，对其敬而远之。

因为和平胆小。人人小时候都怕妖魔鬼怪，但到了上初中的年纪，逻辑思维就会逐步成形。有了逻辑思维，便能用自己的方式去否定那些东西。可和平都快上高中了，还是非常抵触那种故事。他明知情节再吓人也终究是侦探小说，最后肯定会揭晓谜底的，可就是很抗拒卡尔的作品。偏见一旦形成，就很难鼓起勇气尝试了。

然而棘手的问题在于，他最喜欢的题材偏偏是"不可能犯罪"：凶案发生在凶手绝对无法出入的密室之中；犯罪现场在白雪皑皑的野外，但地上只有被害者的脚印；侦探追赶逃跑的凶手，凶手却在死胡同里神秘消失……这类作品是他的最爱。这种不可能犯罪在其他作家的作品中难得一见，卡尔却致力于创作此类题材的小说。

不想看吓人的故事，却又渴望更多超乎常人智慧的罪案。

和平左右为难。即便如此，从前的他也绝不会碰卡尔的书。但升上初三以后，他因用功备考身心俱疲，进而"鬼迷心窍"。直觉告诉他，要想缓解备考的疲惫，寻常作家的作品是远远不够的，他需要更多的刺激，而卡尔就是最合适的人选。不过他还是先粗略浏览了故事梗概，最终选择了看起来完全不包含灵异元素的一本——署名卡特·迪克森的《犹大之窗》，尽管它是卡尔的作品里售价最贵的。这倒是很符合他的行事风格。

银行家在全无破绽的密室中遇害。凶器是原本就放置在

第二章　无头女迫近

室内的箭。除了被害者，现场就只有一位双手染血的青年，而此人是银行家的未来女婿。侦探相信他是无辜的，着手调查此案……和平看得如痴如醉。

看了第一本，自然会想看第二本。于是他又挑了一本看起来没什么灵异元素的作品《皇帝的鼻烟盒》——与前一本一样，这本也收录于早川书房的"早川悬疑丛书"。可惜这本书里没有密室，但出乎意料的结局让他大受震撼。这样一来，他不再"绕着卡尔走"，而是成了"直奔卡尔去"。

于是和平鼓足了勇气，尝试了听着就很吓人的《夜行》。那是卡尔的出道作，讲的是与狼人传说有关的密室凶杀案。和平对恐怖的故事没什么抵抗力，这部作品对他来说着实是刺激了些，但不可能犯罪的魅力更让他难以抗拒。

和平就这么陷进了迪克森·卡尔的大坑，但他很快就发了愁。在那个鲷鱼烧卖七日元、铅笔和弹珠汽水卖十日元、豆沙面包卖十二日元、咖啡卖五十日元、咖喱饭和电影票卖一百日元的年代，《犹大之窗》的售价竟高达二百二十日元，《皇帝的鼻烟盒》也要一百四十日元，《夜行》则是一百六十日元。省吃俭用攒下的压岁钱派上了大用场，奈何购书资金很快就见了底。光靠每月的零花钱，哪怕他不买新书，只去二手书店淘旧书，怕是也够呛。而且他家所在的小镇的二手书店几乎见不到"早川悬疑丛书"，卡尔的作品更是从未出现过。学校和镇上的图书馆也好不到哪儿去。

他想看更多离奇诡谲的不可能犯罪小说。

和平的口味已然大变。他甚至觉得只有卡尔的作品才能抚慰因备考而疲惫不堪的心。可惜他买不起新书，只能耐着性子去二手书店淘上一淘。

就在这时，和平竟在学校里瞥见一个男生在看卡尔的《三口棺材》，不由得大吃一惊。更让他目瞪口呆的是，那人竟是成绩优异、运动全能的头类贵琉。贵琉不仅文武双全，且外形出众，绝不是那种成绩很好但戴着眼镜的书呆子。虽是运动健将，却并非虎背熊腰，而是肤色白皙、身形修长，显得颇有气质。可是，他周身的气场又带着几丝阴霾，不会给人留下正人君子的印象。

正因如此，头类贵琉永远是女生们炽热目光的焦点，他的周围也总是热闹非凡。谁能想到他竟会独自一人在教学楼后面的树荫下看侦探小说呢。

换作平时，和平绝不会上前搭话。因为他从没跟头类贵琉同班过。他当然是认识人家的，可人家八成不认识杏莉和平。和平性格内向，让他在这种情况下跟一个校内名人搭话，未免强人所难。

所以他不过是下意识地脱口而出：

"咦？那本书不是……"

他说得很轻很轻，天知道专注阅读的头类贵琉有没有听见。对方忽然抬起头来，也许只是因为察觉到了人的动静。

第二章　无头女迫近

"你也知道卡尔？"

出乎意料的是，头类贵琉惊讶地问了这么一句。大概是因为和平目不转睛地盯着书看，人家一下子就反应了过来。

"也就看过三本……"

回过神来的时候，和平已经滔滔不绝地讲起了自己的"卡尔史"。贵琉听完以后，露出连男生见到都会心跳加速的微笑：

"我们的情况刚好相反呢。你是因为抵触吓人的故事——这其实说明你是相信鬼故事的——所以一直不敢碰卡尔。我则是唯物主义者，就盼着故事的最后能以合乎逻辑的方式解开那些诡异又费解的现象，所以特别爱看卡尔的作品。"

就这样，他们因为卡尔成了好朋友。第二天午休时，贵琉就立刻借给了和平一本《蜡像馆里的尸体》。

不过贵琉毕竟是全校的焦点，所以和平没法跟他在学校里畅谈侦探小说。只要和他多说几句话，就会有女生们围上来问"你跟头类同学聊了些什么呀？""你怎么跟头类同学这么要好呀？"之类的问题。他老实交代"我们都爱看卡尔的书"，立刻便有一堆人想找他借书，让他束手无策。

问题是，草草读过卡尔的女生就算能跟头类贵琉搭上话，也无法和他深度探讨侦探小说，反而会给他留下不好的印象。末了甚至有人跑来找和平哭诉，说"你想想办法啊"，让他更觉得为难。

不过塞翁失马，焉知非福。贵琉觉得在学校里聊侦探小说会带来很多麻烦，于是频频邀请和平去家里做客。其他同学当然是不知道的。得格外小心，不能让女生们知道。

头类家的西式公馆建在飚吕丘外围的坡道尽头。公馆以红砖砌成，很是气派，但这么一栋房子孤零零地矗立在山头，难免会给人留下冷清阴森的印象。

走进朝西开的院门，右手边便是东西走向的长方形公馆。公馆南北两侧都是杂树林，东侧则是茂密的森林。这种三面环树的地势，仿佛也为整座公馆蒙上了一层暗影。

和平后来才知道，头类家的阴森气场另有由来……

如此规模的公馆没在空袭中烧毁可谓奇迹。更让和平感叹的则是公馆书库中的藏书。因为贵琉的祖父留下的书里，竟有不少侦探小说。贵琉的点评很是犀利——

"这是一九三六年出版的日语版《三口棺材》，但翻译得相当蹩脚，还是别看的好。"取下书架上的《魔棺杀人事件》[1]时，他很是严肃地忠告道。

"先看我手头的那几本吧，不够的话再动用爷爷的藏书。"

但他也给出了让和平欣喜若狂的提议。

"不过我们还得备战中考呢，我的大概也够了吧。"

跟着贵琉走进位于二楼西翼的房间时，和平才明白那后半句话是怎么来的。

---

[1] 1936年日语版《三口棺材》的书名译为《魔棺杀人事件》，该译本以质量糟糕闻名。

第二章　无头女迫近

　　占了一整面墙的书架上摆满了外国侦探小说。迪克森·卡尔的《犹大之窗》《唤醒死者》《三口棺材》《夜行》《蜡像馆里的尸体》《皇帝的鼻烟盒》按出版顺序排放整齐。还有赫伯特·布里安[1]的《怀尔德家族的失踪案》、阿加莎·克里斯蒂的《死的怀念》、E. D. 比格斯[2]的《帷幕背后》、马可·佩奇[3]的《闪电怪探》、尼古拉斯·布莱克[4]的《野兽必亡》、玛格丽·艾林翰[5]的《幽灵之死》等经典作品，一看便知是贵琉的收藏。

　　和平起初沉醉于庄严的公馆、书库的大量藏书和贵琉书架上的小说，全然没关心过头类家都住着哪些人。但随着拜访次数的增加，疑惑在心底萌芽。

　　细想起来，自己好像从未见过贵琉的母亲，也不清楚他父亲的职业。平时也就五个人在家：贵琉的奶奶寿子（家里似乎是她说了算）、姑姑尉子和她坐轮椅的女儿和代、叔叔胜也外加最

1　赫伯特·布里安（Herbert Brean，1907—1973）：美国记者、犯罪小说作家。
2　E. D. 比格斯（Earl Derr Biggers，1884—1933）：美国小说家、剧作家。
3　马可·佩奇（Marco Page）：美国剧作家哈里·库尼兹（Harry Kurnitz，1908—1968）的笔名。
4　尼古拉斯·布莱克（Nicholas Blake）：爱尔兰裔英国诗人、作家、推理作家塞西尔·戴-刘易斯（Cecil Day-Lewis，1904—1972）的笔名。
5　玛格丽·艾林翰（Margery Allingham，1904—1966）：英国侦探小说黄金时代的小说家，与阿加莎·克里斯蒂、多萝西·L. 塞耶斯和奈欧·马许并称为"英国四大犯罪小说女王"。

近刚请的钟点工田庄须江。星期天上门做客时，也没见着贵琉的父母。

可是……

和平总觉得虽然他们是朋友，但刨根问底打听人家家里的情况总归是不礼貌的。而且头类家的气氛总是很凝重，让人不敢轻易聊起这个话题。和平与贵琉讨论侦探小说的房间，也许称得上公馆中的异世界。

我只是他的书友——

和平很快便得出了一个结论：他不需要对头类家了解太多，除非贵琉自己提起。

但在机缘巧合之下，和平不情愿地了解到了许多头类家的内幕。搞不好他比尉子和胜也知道的还要详细。

那天放学后，贵琉被棒球队拉去帮忙了。他的运动天赋非常出众，却没有加入任何运动队，所以谁家缺了人都会找他顶班。

"你先去我家，在我房里找本喜欢的书看着吧。"

贵琉的提议让和平慌了阵脚。虽说他已经去过头类家很多次了，可是一想到要独自在那儿等朋友回来，心里还是不安。

"没事的，奶奶好像还挺喜欢你的。就算我不在家，她肯定也会很欢迎你。"

见和平犹豫不决，贵琉如此鼓励，催他先去头类家等着。

即便如此，和平还是想尽可能缩短独自待在公馆的时间，所以他刻意走得很慢，还一步三回头，盼着贵琉在半路上追上来，可事情当然不会那么顺利。

他终究还是走到了头类家，客客气气地对田庄须江道明来意。本以为须江会把他带去贵琉的房间，谁知她竟让和平在玄关稍等片刻。

"想保住脖子[1]，就少跟我们家打交道。"

就在这时，有人突然说了这么一句话，和平吓了一跳，脊背都发僵了。

战战兢兢抬头望去，只见坐轮椅的和代从西翼走廊的拐角探出头来。听说她已经二十多岁了，但长得显小，说话也带点小孩子气，说她才十几岁大概也有人信。她的双腿被宽松的裙摆遮着，一点都没露出来。

"啊？脖……脖子……？"

和平下意识指着自己的脖颈反问道。

第一次来头类家做客时，和平就在走廊上遇见了她。当时贵琉给他们相互介绍了一下。后来他们也没正经说过话，遇见了也就是打个招呼而已。可她今天却突然说出这么一句莫名其妙的话来，搞得和平一头雾水。

"对，脖子、手脖子、脚脖子[2]……所有的脖子。"

和代像是理所当然般撂下这句话后，便掉头折返，想必是

---

1 日语为"首"，可指代"脖子"，也可指代"头"。
2 日语为"手首、足首"，即"手腕和脚腕"。

回自己的房间去了。

她……她是什么意思……？

他被孤零零撂在了薄暮时分的昏暗玄关，恐惧骤然涌上心头。

"久等了。"

须江神不知鬼不觉地出现在一旁，把他吓了一跳。她个子矮小，身材微胖，还有点罗圈腿，一举一动却是悄无声息，简直跟猫一样。但与猫不同的是，她身上全无可爱之处，只让人心里发毛。

"这边请。"

不知为何，须江带着和平去了二楼东翼，进了寿子的居室。

"您……您好，打扰了。"

和平暗自心惊，但还是礼貌地打了招呼，想先解释一下自己为何独自来访。

"呃……呃……贵琉被棒球队拉去凑人头了，一时半刻走不了，所以让我先过来——"

"不要紧。话说那孩子在学校里都干些什么呀？"

寿子似乎一点都不介意，还兴致勃勃地打听起来。见状，和平恍然大悟。

和平出入头类家的时间不算长，却也能看出贵琉对祖母的感情十分深厚。许是因为女儿尉子和儿子胜也对寿子都很冷淡，祖孙二人显得更亲密了。

第二章　无头女迫近

话虽如此，贵琉终究是正值青春期的初三学生，不可能跟奶奶分享校园生活的每个细节。所以寿子大概是想趁孙子还没回家，找他的朋友打听打听。

于是和平便挑了几件（事后不会被贵琉埋怨的）趣事讲给寿子听。毕竟人家文武双全，人见人爱，有的是事迹可说。而且无论和平说什么，寿子都听得两眼放光。

贵琉第一次向和平介绍奶奶的时候，和平还觉得她老人家有点神经质呢……

此刻的寿子却是容光焕发，听得津津有味，与平时判若两人。孙子的日常点滴都让她喜不自胜。

自那天起，和平时常被请去寿子的居室——无论贵琉在不在家。

"我是无所谓的啦，奶奶高兴就行。你要是不介意，就多陪她聊聊吧。"

连贵琉这个当事人都没有异议。但他再三叮嘱和平，他逃课看电影、在闹市区和外校学生大打出手、夜里偶尔溜出家门这种事是一个字都不能提的。

和平信守承诺。奈何寿子是个很善于引导谈话的人，有时他说着说着，就不小心说漏了嘴。每次遇到这种情况，他都会把"糟糕"二字写在脸上，而寿子则以表情示意"多谢啦"。

起初和平也颇感为难，但他渐渐意识到寿子从未将他们的对话给贵琉透露过，于是心态也放松了不少。然而，要为这个习惯忧心的时刻很快就来临了。

"我们家有一门亲戚姓'古里'。古里家历史悠久——"

某日,寿子突然聊起了头类家的由来。

古里家有一位名叫三枝的老夫人。她的哥哥叫富堂,是世世代代统治奥多摩媛神乡媛首村的"秘守一族"的族长。富堂的三儿子兵堂统领秘守一族的嫡系"一守家"。一守家下面还有"二守家"和"三守家","古里家"的地位则在这两家之下。

"万幸的是,头类家并非秘守一族的嫡系正枝,却终究无法彻底摆脱那个麻烦……"

寿子的故事叫人一时间难以置信。但在倾听她的讷讷之言时,和平竟感到了莫名的寒意。他坚信这年头是不可能发生那种事的,却又无法全盘否定那种怪事的存在,因此颇感困惑。不,也许他只是纯粹地害怕。

故事要从天正十八年(一五九〇年)说起。是年七月,坐落于媛神乡的媛神城遭丰臣氏围攻,城主氏秀自尽,其子氏定翻越媛鞍山逃往邻国。追随夫君氏定逃亡的淡媛在山中被丰臣军追兵射中脖子,跌倒后旋遭斩首身亡。

这位淡媛可谓丑闻缠身:恣意虐杀侍女,生啖鸟兽,接连将年轻男子拉进卧房……因此村民们为氏定平安逃脱欢天喜地,却无一人悼念惨死的淡媛。

媛神城陷落后,周边怪事频发。烧炭人在烈火熊熊的窑中看到了龇牙咧嘴的女子头颅,吓得一病不起,随即死去。村民甲

第二章　无头女迫近

路过媛鞍山时被悬于半空的无躯之头挡住去路,身后则有无头之躯步步紧逼,好不容易逃回家去,后来却又莫名失踪。村民乙在媛鞍山脚下采野菜时,忽然听见有人说"这边更多",循声穿过草丛,竟看见地上长出了一颗女人的头,于是大病一场,变得疯疯癫癫……

村民们唯恐淡媛继续作祟,决意亡羊补牢,四处搜寻她的遗体。遗体也确实找到了——躯干遭野兽啃咬,严重腐败,唯独头颅完好无损,原样未变,本应凹陷的双眼鼓鼓地大睁着。

村民们惊恐万分,只得厚葬淡媛的遗骸,立以石碑,奉其为"媛神大人"。久而久之,"媛鞍山"演变成了"媛首山","媛神大人"的写法也演变成了"媛首大人"。

这一怪谈流传近一百六十年后——宝历年间(一七五一年至一七六四年),秘守家主德之真出门办事时,半年前刚进门的填房阿淡与一名男仆私奔。而阿淡恰好选择了与当年的淡媛完全相同的逃亡路线,多么令人毛骨悚然的巧合。

得知妻子红杏出墙,德之真怒火中烧。他一掷千金,命人全力搜捕,数月之后便查到了两人的下落。但许是时过境迁,德之真的心境也有了变化。他托人带了口信,让两人"先回来再说"。

见德之真似是无意追究,两人商议了一番,决定让阿淡独自回去。男仆自知叛主夺妻罪不可恕,事到如今还有何颜面回秘守家!

数周后，阿淡乘轿抵达。正要下轿时，出门相迎的德之真突然挥刀砍来。谁知刀砍中了阿淡的发饰，没能一击斩落她的头颅。刀身不上不下地卡在了脖颈上，痛得阿淡尖叫着满地打滚，在气绝之前翻来覆去诅咒道：

"我定会……定会降灾于……你的子子孙孙……直至七代……"

在德之真的授意下，阿淡的遗骸被草草埋在了村子的乱坟堆，全程没有任何祭祀，唯有寺院的僧人和小沙弥在场见证。

凄惨的葬礼过后不久，德之真和前妻生下的长子被橡子饼哽住喉咙，窒息而死。紧接着，次子被马蜂蜇中颈项暴毙。由于后继无人，德之真再度续弦，却接连生下两个无脑儿，以致夫人发疯自尽。

德之真认定这一切皆是阿淡的诅咒，于是便从乱坟堆里挖出阿淡的遗骸，厚葬于秘守家祖坟。可无论众人如何供奉，家中仍是灾祸不断，全无平息的迹象。

无奈之下，德之真只好在供奉媛首大人的媛神堂内为阿淡建了一座安魂碑。据说这是因为两人的名字里都有"淡"字，而且同样死于斩首。

渐渐地，村民们将两人合称为"淡首大人"。因为再多的祭祀也无法终止她们降下的灾祸。虽然受影响最大的自是秘守一族，但淡首大人也是媛首村村民心头难以驱散的阴霾。

光这"淡首大人"就够麻烦的了，可媛神乡还有一种神秘

第二章　无头女迫近

而可怕的怪物，人称"首无"。不过寿子无法对"首无"做出详尽的解释。也许这并非无知所致，也许它本就是某种说不清道不明的东西。据说村里有些老人认为淡首大人和首无是一回事。倒也没有明确的理由，只是因为两者都没有头，所以才被混为一谈。

秘守家养不大传宗接代的男孩。

在淡首大人降下的种种灾祸中，最骇人听闻的便是这个传说。因此秘守家世世代代都会在媛首山举行名为"十三夜参礼"的仪式。

说来也巧，首无杀人事件就是十三年前的"十三夜参礼"那日发生的。十年过去，第二次世界大战落幕，媛首山又发生了连环斩首杀人案。与之相关的则是同年发生在终下市的连环割喉杀人案。

"我刚才也说了，受淡首大人和首无影响最大的就是秘守一族，首当其冲的就是一守家。但这并不意味着他们的亲戚家就不会受到牵连。实不相瞒，我们家也——"

听到这里，和平已是心惊胆寒。

他也知道这些事跟自己没有任何关系，然而，一想到此时此刻自己正在拜访的，是和那么可怕的东西联系紧密的家族的远房亲戚，他便心神不宁，甚至想尽快告辞，连书都不想借了。

可寿子正要对他讲述更多降临在头类家的灾祸。

二

时候不早了，我该走了……

寿子似乎察觉到了杏莉和平想找个借口逃走，开口问道：

"贵琉跟你提过他的父母吗？"

和平无力地摇了摇头。见状，她面色沉痛道：

"我的长子佐知彦和天子结婚后生下了贵琉。但在贵琉十岁那年，天子因脑病撒手人寰。一年后，佐知彦娶了那个叫惠美的女人。天子素雅清秀，那个女人却总是打扮得花枝招展，净穿那种凸显胸部的衣服。又过了两年，她死在了飑吕丘下的铁路道口，死法很奇怪。"

寿子将佐知彦的原配亲昵地称为"天子"，却将继室称作"那个女人"。她对两个儿媳的态度天差地别，而且毫不遮掩。之前和平一直觉得寿子温文尔雅，所以他颇感惊讶。

但此刻的他当然还没料到，这种惊讶将被战栗取代。

"你知道那个女人是怎么死的吗？"

"不……不知道……"

他摇了摇头，顺便通过这个动作表达自己并不想听，但寿子又岂会明白。

"她是被电车撞死的，头和两条胳膊都被撞飞了。"

和平被迫了解到了贵琉继母的惨烈死状。

"而且……"

第二章　无头女迫近

寿子似是故意停顿了片刻，才继续说道：

"后来，胳膊在现场找到了，可头一直都没找回来。"

"是……是意外事故吗？"

得赶紧说点什么……和平一时心急，脱口而出。

"警察说事故原因是在栏杆放下以后硬闯铁路道口，但我觉得那不像是她干得出来的事。"

"……"

寿子许是一眼看透了和平的沉默意味着什么。

"不，她不是自杀。那个女人要真是自杀，太阳就从西边出来了。"

不会吧……

她不会是想说，惠美的死是因为降灾于远亲秘守家的淡首大人和首无吧？就在和平大感惊骇时，寿子说道：

"事故发生后不久，接连有人在道口附近看到了一个穿着白底红点连衣裙和鲜红色高跟鞋的女人。他们都说，裙子上的红点和高跟鞋的红漆其实是血……而且那个女人没有头，在到处寻找自己的头……"

这个怪谈再一次将和平的惊讶化作战栗，而寿子的骇人讲述仍未结束。

"尉子的女儿和代生下来就缺了脚踝以下的部分。胜也的第一个孩子出生时脐带绕颈，胎死腹中。"

"……"

083

"他们都因为孩子的问题离了婚，住进了头类家。"

"……"

"他们都不是我的孩子，是亡夫佐智男和外面的女人生的。而且尉子和胜也的母亲也不是同一个人。"

和平如坐针毡。她跟一个初中生说这些干什么？更何况这个初中生只是她孙子的朋友。"赶紧回家"成了和平心里唯一的念头。

可寿子又聊起了尉子和胜也各自的母亲，说是都不知去向了。不过和平本也没有认真听。这也难怪，毕竟头类家的秘辛和恩怨情仇与他毫无干系。

就在这时，敲门声响起。贵琉终于现身了。

"聊得这么开心呀。"

"是啊，杏莉同学是个顶好的听众。"

寿子显得心满意足，但和平的表情肯定僵到了极点，两人怕是形成了鲜明的对比。寿子还想再聊一会儿，所幸贵琉出面婉拒，把和平从奶奶的居室救了出来。

"得救了……"

一进贵琉的房间，和平便不由得感叹。

"奶奶是不是跟你讲了很多我们家的事？"

"是这样的——"

和平犹豫再三，不知该跟当事人说到什么程度。但他转念一想，还是觉得和盘托出为好，于是毫无保留地转述了寿子刚告诉他的那些事。

"抱歉啊,给你添麻烦了。"

见贵琉一本正经地鞠躬道歉,和平顿时慌了。

"没……没事的,我就是坐在那儿听她说了会儿话,也没干什么呀……"

"可那也不是听着很愉快的事吧?"

"她老人家说的都是真的?"

和平迟疑着问道。贵琉面露苦笑,满不在乎地回答道:

"爷爷当年确实到处拈花惹草,姑姑和叔叔的那些事也都是真的。"

"那淡首大人和首无降下的灾祸呢?"

和平继续发问。贵琉的苦笑瞬间化作讥笑。

"这种封建迷信怎么可能是真的呢?卡尔的作品也充满了灵异元素,但最后总会给出合理的解释。你爱看逻辑过硬的本格侦探小说,信这种东西还得了了?"

"也……也是……妖物作祟什么的是挺离谱的。"

和平勉强认同,然而寿子绘声绘色的叙述所带来的恐惧又岂会轻易散去。

"可是——"和平以寿子为幌子,再次提及邪祟的诅咒,"奶奶她老人家好像是信的?"

"差不多吧……"贵琉立时面色一沉,"不瞒你说,我们家东边的森林里有一座供奉淡首大人和首无的神龛,据说是按奶奶的吩咐，从媛首村的媛神堂分出来的。"

"那岂不是……"

见和平吞吞吐吐，贵琉以眼神示意他把话说完。

"岂不是适得其反吗……"

"你是想说，何必上赶着把祟神迎过来，是吗？"

"呃，那当然只是迷信啦……"

和平抢在被嘲讽之前稍做补充。

"话虽如此，也不是完全没有影响……"贵琉却说出了一番耐人寻味的话，"邪祟与诅咒倒也不是一点危害都没有，有时也会发挥出显而易见的威力。"

"是吗？"

和平吃了一惊，反问道。贵琉却是一脸淡定。

"我的意思是，如果你想让某个人倒霉，也许可以通过'你被诅咒了'这样的暗示来施加心理层面的影响。"

"……"

"人心是相当模棱两可的。就算你是一个理性主义者，在知道自己被诅咒的情况下受了一点轻伤，出了一点小事故，或者在工作中出了差错，你都会忍不住去怀疑'会不会是诅咒导致的'。只要有一丁点疑念在心中萌芽，诅咒者便是胜券在握。因为他们只需静候对方自取灭亡。不过大家通常不会寄希望于这种东西，毕竟事态往往不会朝理想中的方向发展。"

"那她老人家……"

第二章　无头女迫近

"毫无疑问，那座神龛已经对她产生了负面影响。当初明明是她要建的，可她后来大概也跟你想到了一处，于是在上面缠了好几圈注连绳[1]。"

"啊？那不是更……"

那不是更糟糕吗……和平听得愈发忐忑了。

"姑姑和叔叔也真够卑鄙的，想趁机浑水摸鱼……"

贵琉突然怒气冲冲道。

"怎……怎么说？"

"姑姑想把奶奶撵走，把房子占为己有。因为她现在得看奶奶的脸色，靠奶奶给的零花钱过日子。叔叔则跟熟人开了家不正经的公司，说是快撑不下去了。他崇拜西部片里的独行侠，心比天高，自命不凡，可我听说公司的生意都是扔给合伙人做的，他自己是一点才干都没有。所以我猜测那个合伙人根本就看不上叔叔，只不过想通过他搞到奶奶的财产罢了。叔叔肯定也盯上了这栋公馆，想搞点钱出来给公司注资。"

"亏你能查到那么多内幕。"

"因为他们都没什么城府，心思一看就懂。"

"所以你姑姑和叔叔都想把奶奶赶走？"

"他们也只能在这方面达成一致了。姑姑一心想当家作主，叔叔则想卖掉公馆拿钱走人。反正他俩都不是什么好

1　用秸秆编成的绳索，多数见于神社，有辟邪的作用。

东西。"

"他们跟神龛有什么关系呢……"

和平听得云里雾里。此言一出，贵琉顿时愁容满面。

"实话告诉你吧，主治医生建议奶奶搬去西伊豆的别墅。"

"她老人家身体不好吗？"

"她自己好像没什么感觉，但主治医生说，日积月累的心劳已经严重影响了她的精神状态。"

"日积月累的心劳……是因为淡首大人和首无吗？"

"不止这些迷信，还有爷爷欠下的风流债。要不是爷爷，奶奶也不用跟姑姑、和代还有叔叔挤在一块儿了……"

"你家的情况可真够复杂的。"

和平也只能这么说了。贵琉倒是一副看透了一切的表情：

"所以奶奶说什么都不肯把房子让出来。姑姑和叔叔却拿医生的话当幌子，装出一副忧心奶奶身体的样子，整天虚情假意。"

"奶奶她……"

"当然一眼就看透了。"

"我算是知道你姑姑和叔叔是怎么回事了，那和代呢？"

被和平这么一问，贵琉面露难色。

"姑姑和叔叔都是俗人，心思好猜得很。和代却有点捉摸不透。我只能说，她好像跟奶奶一样，对淡首大人和首无深信不疑。"

第二章　无头女迫近

想保住脖子……

和平在脑海中回放和代带着警告意味的台词。

"你记不记得黄梅天的时候，有个其他学校的女生硬闯放下栏杆的山下的铁路道口，还受了伤？"

贵琉突然抛出了一个毫不相干的话题。和平想起了贵琉的继母就是在那个道口出的事，于是点头应道：

"说是怕迟到，想赶时间。好在没被车撞到，只是摔倒的时候扭伤了一侧脚踝。"

"她叫冈边朝子。她的父亲在车站前开了家房地产公司，跟我们家一直都有来往，西伊豆的别墅也是经他介绍买的。"

"你不会是想说冈边朝子扭伤脚踝也是淡首大人跟首无作祟吧？因为她父亲跟头类家有来往……"

"能想到这一层的也就只有奶奶了。不过因为事故就发生在道口，奶奶或许是想起了我那死得莫名其妙的继母惠美，又念叨起了无头女的怪谈……"

"啊？原来是这样？"

"不过目击者是住在周边的小学生……"

"那也不用太当真吧——"

"我起初也是这么想的，可目击到无头女的位置离道口越来越远了，连我都不敢不当回事了。"

"离道口越来越远了？无头女跑哪儿去了？"

"有人在飓吕丘的坡道看见了它，而且它貌似在往上走。

089

也就是说……它有可能正朝着我们家来。"

"最近还有人看见吗？"

和平难以置信，如此问道。贵琉苦笑着回答：

"说不定快走到我们家门口了。"

"那奶奶她……"

"唉，她老人家也知道了。都怪新来的钟点工田庄须江口无遮拦，说漏了嘴。这人特别八卦。说实话，我都想辞退她了，可她和奶奶聊得来，奶奶也很喜欢她，想辞都辞不掉。"

"她是不是不太喜欢你姑姑和叔叔啊？"

和平也知道这话有多管闲事的嫌疑，但还是说出了自己的印象。

"你观察得还挺仔细嘛，"贵琉含笑道，"奶奶要是搬走了，田庄的饭碗就保不住了。所以她也看不惯一心想赶走奶奶的姑姑和叔叔。虽然她只是头类家的下人，但奶奶算是她唯一的主子，所以她不需要看姑姑和叔叔的脸色。那两位看田庄自然也是不顺眼的。而且田庄的丈夫好赌成性，三天两头要进警察局，姑姑和叔叔觉得田庄这样的人不配在我们家干活，意见很大。"

贵琉似乎很享受这三人之间的矛盾。

"但田庄也有田庄的问题。"

"除了爱八卦，她还有什么问题？"

"不知为什么，她认定了淡媛从媛神城带走的宝贝就藏在我们家里，总是想方设法找奶奶打听。"

第二章　无头女迫近

"你家真有淡媛留下的宝贝？"

和平在好奇心的驱使下问道。贵琉一脸不屑地说：

"怎么可能，就算有也该在媛首村啊，怎么会交给头类家这样的远房亲戚呢？"

"也是。"

"要只是老人家和大妈随便聊聊，倒也无关痛痒，可是和田庄聊天搞不好对奶奶有害处，真是愁死人了。"

"我有点想不通，"和平很是客气地向贵琉发问，"我感觉奶奶她老人家对这一系列的事情还是相当害怕的，那她为什么不搬去西伊豆的别墅，非要留在这里呢？"

"爷爷当年确实辜负了她，但他们之间也有很多美好的记忆，而这栋房子就是记忆的载体，所以奶奶才迟迟下不了决心吧……"贵琉仰头道，"在我看来，爷爷是个特别任性的人，只顾着自己，但他肯定也有让奶奶倾心的一面。毕竟是他们夫妻之间的事情，外人看不明白也很正常。"

"话说你爸爸……"

和平再次谨慎发问。贵琉嗤笑一声：

"惠美在道口出事后不久，他就撂下一句'住在这个家里迟早要倒大霉'，一个人搬走了。听说他后来在别处组建了新的家庭，但具体的我也不太清楚。"

态度淡漠得仿佛那是与自己毫无瓜葛的人。

那天过后，和平对"去头类家做客"这件事生出了些许迟疑，但贵琉待他亲切如常。"如果可以的话，希望你偶尔陪奶奶聊聊天"——他都开口了，和平当然无法轻易拒绝。他也知道寿子很期待听他讲述孙子在学校的点点滴滴，于是就更拉不下脸了。更何况，他想接着借卡尔的书看。

所幸寿子后来没再拉着他讲吓人的事情。和平一旦发现她有要提这些事情的迹象，和平便立刻分享贵琉的轶事趣闻转移她的注意力，也算是有惊无险。

日子一天天过去，转眼便到了深秋。一天傍晚，和平拿着借来的《唤醒死者》走出贵琉的房间。那时他已经可以自由出入头类家了，所以贵琉也没送他到门口，在自己房里道一句"明天见"了事。

刚到一楼的门厅，坐着轮椅的和代便立刻从西翼的走廊探出头来，似已等了许久。而她问出来的话也有几分耳熟。

"你的脖子没事吧？"

"呃，嗯，挺好的。"

照理说认真回答这种问题简直荒唐至极。然而在这个家里，如此回应似乎才是理所当然，真是奇了怪了。

"我劝你别跟我们家牵扯太多。"

她再次抛出似曾相识的台词，随即补充道：

"不过一点也不受影响的人好像也是有的。"

"是吗……"

"说不定你也是其中之一……"

第二章　无头女迫近

"谢谢……"

和平稀里糊涂地道了谢。

"要是你乐意的话,下次也来我屋里坐坐吧。"

"啊……啊?"

和平好不容易反应过来和代是向自己发出了邀约时,人早就没影了。她平日里气场阴沉,今天脸颊却好像微微发红……这真是他的错觉吗?

有个姑娘约我到她屋里坐坐……

和平飘飘然地走出位于公馆北侧中央的玄关时,夕阳恰好从西边的院门之外照了进来,红得扎眼。和平下意识地抬起左手挡了一下。

许是临近日落的关系,余晖的颜色瞬息万变。从朱红色到红褐色,再从红褐色到蒙上暗影的红色……

得赶紧回家,不然太阳一眨眼就落山了。

和平正要迈开步子,却见院门外不远处浮现出一团疑似人影的东西。

来客人了?

头类家来客人倒是稀罕。不过和平很快就察觉到了不对劲。因为那个疑似人影的东西只是伫立在门外,却没有要进来的迹象。

不,不止。

话说他为什么觉得那不是"人影",而是"疑似人影的东西"呢?透过光线仍旧强烈的夕阳打量片刻后,他终于搞清了原因。

没有头……

门外那个疑似人影的东西没有头。

由于夕阳过于刺眼，和平看不清它的模样，但能辨认出它穿着白底红点连衣裙，脚踩鲜红的鞋子。连衣裙的袖子明明很短，本该从袖口伸出来的胳膊却跟头部一样神秘失踪了。但它的胸部异常丰满。唯一露在外面的腿看起来也怪怪的。

长得跟鸡似的……

莫名其妙的比喻突然浮现在和平的脑海中。这种感觉是怎么来的？直觉告诉他，只要盯着那东西多看几眼，自然就能找到答案。

没有头也没有手，胸部丰满、双腿如鸡的女人。

然而，当和平在脑海中具体勾勒出那个疑似人影的东西时，恐惧排山倒海而来。在意识到对方是非人之物的刹那，他便陷入了无尽的惊骇之中。

可身体动弹不得，也发不出一丝声响。在这种状态下，逃命和呼救都成了奢望。

就在和平绝望得快要哭出来的时候。

嗒，嗒，嗒。

无头女骤然迈步。眼看着它穿过院门，朝他走来。

啊啊啊！

和平在心中惨叫，同时转身就跑。许是身体对它突如其来的

第二章　无头女迫近

动作做出了反应。

嗒，嗒，嗒。

骇人的脚步声猛然加速。为了甩开它的追赶，和平飞速穿过公馆东翼的前方。屋后的浓密森林愈发迫近。

要不逃进森林里？

这个念头一闪而过。但和平很快便意识到，自己对那片森林一无所知。而且供奉淡首大人和首无的神龛不就在那儿吗？无论从哪个角度看，森林都明显是更适合无头女发挥的战场。

不能进森林！

他立刻在东翼尽头右转，一鼓作气跑过较短的东侧，绕去公馆后侧。

直到此刻，他才反应过来——刚才怎么就没逃进玄关呢！可现在后悔也来不及了。他只能拼命跑向西翼尽头，跑向贵琉房间的正下方。

"喂——"

跑到窗口下面时，和平喊了一声。奈何他喘得厉害，以致声音虚浮，中气不足。但贵琉许是察觉到了外面的动静，忽而从窗口探出头来。

"你在那儿干什么呢？"

"院……院门外……"

和平正要解释，却忽有所感。放眼公馆后侧的角角落落，竟不见无头女的踪影。只怪他刚才一门心思逃命，没有闲心关注它追到了哪里。

难道……

它刚才并不是在追他，而是想去森林里的那座神龛？而他误会了，吓得撒腿就跑。

见和平呆立在窗下沉默不语，贵琉招手道：

"上来说吧。"

于是和平便折回了好友的房间。

"出什么事了？"

在贵琉的催促下，和平讲述了院门外的异象和逃亡的经过。

"怎么会有那种东西嘛，"谁知贵琉不以为意，"肯定是因为你听奶奶说过那些事，所以产生了幻觉。"

"不会吧，那都是很久以前的事了。而且我后来一直都很小心，尽量不让她老人家提起那个话题……"

"可是照你的性子，一时半刻怕是也忘不掉吧？"

"话是这么说……"

贵琉都说到这个份儿上了，和平自然也无法大加反驳。最终，这件事被定性为"和平的幻觉"。但贵琉让他瞒着寿子。毕竟对寿子来说，这可就不是能用"幻觉"二字一笔带过的小问题了。

和平当然不想辜负好友的嘱托，可是后来见到寿子时，她敏锐地察觉到他的态度有些古怪，三两下就让他说漏了嘴。

和平对贵琉老实交代，诚恳道歉。

第二章　无头女迫近

"这也不怪你，毕竟奶奶的段位比你高多了。"

贵琉苦笑着说道，没有怪罪和平。

如果事情到此为止，倒也无伤大雅。谁知几天后，钟点工田庄须江也撞见了无头女。

三

那天傍晚，田庄须江结束了一天的工作，正要回家。从寿子那里听说的无头女事件（杏莉和平的经历）让她心惊胆战，但这件事似乎也能从某种角度证明她的观点，所以她的心境很是复杂，三言两语道不明白。

公馆里肯定藏着淡媛大人的宝贝。

无头女是为了找那个宝贝才现身的。

所以它才会逼近头类家。

这便是须江对此事做出的解释。但贵琉不以为然，连寄人篱下的尉子和胜也都对她的猜想嗤之以鼻。和代倒是表现出了几分兴趣，但须江无意拉她入伙。

最关键的还是寿子。"真找到了就送给你。"寿子说过这么一句话，可见她十有八九是不信的。

老夫人都说了要送她了，还有什么好顾虑的呢……

但寿子待她一直不错。要是真找到了宝贝，却一声不吭占为己有，怕是过不了自己良心这关。

还是得跟老夫人打个招呼……

须江一边打着如意算盘，一边走出玄关。

嗒，嗒，嗒……从院门那里走来的那个东西映入眼帘，吓得她愣在原地。她和那日的和平一样，全身动弹不得。

无头女来了。

它背对狰狞妖艳的红铜色夕阳，朝她步步逼近。虽然她本就相信寿子的说法，然而当那个东西真真切切出现在眼前时，她的第一反应还是"不可能"。

但此时此刻，身穿白底红点连衣裙、脚踩鲜红色的鞋子、没有头也没有双臂的大胸女人确确实实走了过来。眼看着它进了院门，从院门到玄关的路都走了一半了。

也许它会直接从须江跟前走过，什么都不做，但须江还是忍不住尖叫起来。

"噫噫噫！"

话音刚落，无头女便停了下来。没有头和双臂的丰满躯体猛然转向须江，活像是刚刚才发现她的存在。

嗒，嗒，嗒……

在须江看来，它仿佛正朝着自己碎步疾行。

"别……别过来，啊啊啊！"

她惨叫着冲回刚出的玄关，在关门的同时上了锁，然后反手按住门把手，后背紧紧贴在门上。

第二章　无头女迫近

嗒……嗒……

她能感觉到门外的无头女踩上了玄关前的石板。

嗒。

脚步声戛然而止。

她觉得它正伫立在门口窥探室内的动静，正隔着门板探听自己的呼吸。于是她屏气凝神，保持沉默。

后背冰凉一片，虽然隔着一扇门，可是一想到无头女正凝视着自己，她便如坠地狱。也许很快就会有一双无形的手穿透门板，朝她伸来……这种妄想将她笼罩。

别胡思乱想，它压根儿就没手。她如此安慰自己，却是徒劳。正因为它没手，门板才拦不住它啊。妄想变得愈发荒诞。想得越多，她就越是觉得背靠门板的状态可怕至极。她只想尽快逃离这个鬼地方，躲进寿子的居室，身体却再一次不听使唤，动都动不了。

丁零。

头顶突然传来响声，吓得须江尖叫起来。

"怎……怎么了？"门后竟有人惊讶地问道，"您没事吧？"

须江一听出那是杏莉和平的声音，便急急忙忙开了门。

"那……那个东西呢？"

"啊？什么东西？"

须江跟一脸困惑的和平讲述了来龙去脉。和平脸色骤变。

"喂，出什么事了？"

就在这时，贵琉从楼梯上面探出头来问道。和平跟他有约，说好了傍晚来借个书就走，他算算时间，觉得和平差不多该来了，于是便下了楼。

就在和平和须江大声议论无头女时，胜也居然回来了。他平时都是深夜回家，要么就是下午一早回来，像普通上班族那样傍晚回家可不是常有的事。

"你们在门口嚷嚷什么呢？"

他倒也不是关心家里出了什么事，而是好不容易回了趟家却被人扫了兴，所以很是不爽。

须江看尉子和胜也都不顺眼，所以一声不吭。和平跟他不熟，于是也不说话。无奈之下，贵琉只好代为解释。

"荒唐。"

胜也嘀咕了一句，消失在东翼一楼的走廊。

他前脚刚走，和代后脚便自西翼走廊现身。也许她早就听到了门口的动静，只是一直躲在一旁。她的母亲尉子肯定也在自己房里，但完全没有要出来的意思。

须江在门厅等和平拿上书，然后和他一同离开了头类家。在走下飚吕丘、穿过那个道口之前，她寸步不离和平左右。

第二天，须江立刻跟寿子分享了这段经历。贵琉则将寿子说的原原本本告诉了和平。不过和平和贵琉也是后半段的亲历者，所以他们的关注点在无头女身上。

第二章　无头女迫近

在须江大受惊吓的四天后，和平在贵琉的房间里和贵琉就"事件"开展了一番探讨。他们也想早点讨论讨论，奈何贵琉人红事多，所以才拖到了这天傍晚。

"连你家的钟点工阿姨都看到了，还不能证明无头女不是我的幻觉吗？"

和平率先主张。

"可你们一个是胆子小到不敢看迪克森·卡尔的初中生，一个是相信邪祟和诅咒的大妈……"

贵琉明显面露难色。

"话是这么说，可都有两个目击者了——"

和平正要反驳，却想起了寿子。她的反应才是最令人担心的。和平自我反省了一下，开口问道：

"话说，奶奶她老人家……"

"这下连田庄都看到了，所以她相当重视这个问题。但她毕竟没有亲眼看到……奶奶在这方面还是相当固执的，说谨慎也行吧。"

"哦……"

"但她问门窗有没有锁好的频率更高了。以前家里就只有奶奶有大门钥匙，像叔叔那样大半夜回来，就只能让屋里的人帮忙开门——一般都是和代。这样实在是不方便，所以姑姑和叔叔都想要备用钥匙，但奶奶坚决不给。出事以后，奶奶管得就更严了。"

"因为她老人家怕无头女闯进来？"

"说是田庄绘声绘色地跟奶奶描述了透过门板传来的煞气。"

"我懂……"

和平不由自主地点了点头。贵琉似有所感，看着他的态度，满腹狐疑道：

"懂什么？"

"就是那个无头女给人的怪异感，那种不对劲，那种别扭……"

"毕竟没有头和双臂嘛……"贵琉立刻调侃道，可是一看到和平的表情，他便道了声歉，"呃，不好意思。"

"没事，也只有亲眼见过的人才能体会到它的气场有多么诡谲古怪。"

"有那么瘆人吗？"

"不太好形容，我只能说它特别有存在感，足以对两个大活人造成难以言喻的震撼。"

"照你这么说，另一种可能性反而更大了。"

贵琉话里有话。和平困惑地问道：

"什么可能性？"

"当然是'一切都是人为现象'的可能性。"

"你是说……有人故意捣鬼？"

"你睡醒没有啊，是个人都会先往这个方向想吧。"

和平吃了一惊，贵琉却是理直气壮。不过想来也是，确实能找出几个有明显动机的人。

"难道是为了赶走奶奶？"

"如你所说，这就是个很充分的动机。"

"可是……"和平绞尽脑汁，"我只见过你姑姑一次，但还记得她是个瘦高个，没法假扮成无头女啊。你叔叔也是中等身材，怎么乔装打扮都变不成那样。"

"姑姑有和代啊。"

贵琉语出惊人。和平愣了片刻说道：

"她……她不行吧……"

"你不是觉得无头女的腿长得像鸡吗？"

"是啊……"

"和代天天坐轮椅，腿肯定很细瘦，乍看就跟鸡似的——"

"怎么可能，她不是都站不起来，走不了路吗？"

和平下意识严词反驳。贵琉却不以为然，如此反问：

"为什么无头女总是在傍晚出没？"

"正常妖怪也不会在大白天跑出来吧。"

"可你所谓的正常妖怪，不都是在夜里出没的吗？"

贵琉句句在理，和平无言以对。

"大白天阳光明亮，晚上又有路灯照明，在背后撑着和代的人很容易暴露。傍晚则不然，阳光是从西边来的，强烈的逆光就是最好的障眼法。"

103

"你的意思是，无头女是和代假扮的，你姑姑在后面撑着她……"

"和代长得比同龄人显小，个子也不高，就算穿上成年人尺码的连衣裙——而且还是适合丰满女性的款式——只要不把头伸出来，就能自然而然把双臂藏在衣服里。再加上她双腿残疾，更适合假扮无头女。"

和平差点就被贵琉说服了，但又急忙摇头道：

"可你姑姑个子高啊，不管是多强的逆光，躲在和代身后都会被人看见的吧？"

"她肯定是蹲着的。"

"她要是蹲着，就很难走出那么响的脚步声了……"和平回想起那日的一幕幕，只觉得全身发冷，上臂顿时就起了鸡皮疙瘩，"而且蹲着的人怎么跑得起来呢？"

"是哦。"

没想到贵琉痛快地接受了和平的反驳。

"那幕后黑手搞不好是叔叔。"

"你是说，他跟和代暗中勾结？"

"姑姑和叔叔都想把奶奶赶出去，他们在这方面的利害关系是一致的，所以理论上存在合谋的可能，但我觉得这个推论是站不住脚的。就算叔叔主动提议，姑姑也不会同意的。再说了，他们自己比谁都清楚，就算计划奏效，换来的也是无尽的争执。毕竟他们谁也不信谁。"

"也就是说，你叔叔更不可能是假扮无头女的人……"

"前提是他找不到别的同伙。"

"别的同伙？"

和平完全想象不出来，歪着脑袋反问道。

"好比车站跟前的冈边房地产。"

"啊……"

"冈边家是做房地产生意的，会盯上头类家的房子也不稀奇。跟姑姑不一样，叔叔可是想把房子卖了的，他们两人肯定利害一致。"

"可无头女……"

"冈边家不是有个女儿吗？就是那个叫朝子的初中生。"

"他总不会把自家孩子拉下水吧……"

"如果家里生意不好，父亲又开口让她配合演戏，她也只能答应了。"

"是吗？可她不是在道口扭伤了脚踝吗？"

"那都是多久以前了，早就养好了吧。"

说罢，贵琉又补充道：

"但个子矮是假扮无头女的必要条件，还是得去核实一下。"

"去冈边房地产蹲守？"

"她不一定会去父亲的店，守在放学路上偷看才最省事。"

"你知道她长什么样吗？"

"怎么可能知道，找朝子的小学同学借毕业纪念册就是了。"

　　贵琉说干就干。借到毕业纪念册后，他立刻就拿给和平看。当天放学后，两人便去了朝子就读的初中。最后一节课刚上完，他们就以最快的速度冲出了校门，生怕和她错过。

　　万幸的是，他们找到了一片能看到那所学校门口的空地，决定在那儿蹲守。谁知蹲守行动很快就出了岔子。

　　因为头类贵琉只要往那儿一站，便是所有人瞩目的焦点。

　　先是出门采购的家庭主妇们，再是叽叽喳喳的小学女生。为了掩人耳目，贵琉干脆和小姑娘们玩起了游戏，却反而惹得放学路上的初中女生频频侧目。

　　和平尴尬得要命。但事实证明，贵琉的决策很是明智。

　　跟小姑娘们玩得正欢的贵琉突然提醒和平：

　　"来了，就是她！"

　　和平转头望去，只见冈边朝子和朋友正站在离校门稍有些距离的地方朝他们这边看。

　　"怎么样？"

　　被贵琉这么一问，和平轻轻点头。

　　"好啦，今天就玩到这里吧。"

　　贵琉立刻宣布游戏结束。小姑娘们再次叽叽喳喳起来。

　　"明天呢？""还来不来呀？""哥哥住在哪里呀？""哥哥不是这个学校的吧？""校服都不一样呢！""但哥哥穿这套

第二章　无头女迫近

好好看哦！"……简直烦不胜烦。

贵琉巧妙避开小姑娘们的追问，示意和平走人，撤退得飞快。

"不是她？"

"个子有点像，而且她身材偏丰满，把成年人尺码的衣服套在身上，不露出头和双臂的话，身量应该跟无头女差不多。"

两人边走边聊。

"那问题出在哪里？"

"腿差得太多了。"

听到和平的回答，贵琉陷入沉默。

"虽然我也只是瞥了一眼无头女的腿，但能明显感觉到不对劲。"

"你是说……看着像鸡？"

"嗯，但冈边朝子的腿没有那种诡异的感觉。"

"我原本还挺有信心的，觉得自己的推理很高明呢……"

贵琉难掩沮丧，和平不由得有些同情，但这毕竟是第一印象的问题，他也无能为力。

"就没有别的嫌疑人了吗……"

贵琉边说边专心思考。和平也想帮好友的忙，可惜自己不争气，脑海中一片空白。

"啊！这也许是个盲点……"

片刻后，贵琉嘀咕道。

"你想明白谁是无头女了？"

"田庄须江。"

"啊？"和平不禁停下脚步，"可她也撞见无头女了啊？"

"大家都被她骗了。哪怕每次刻意选不一样的目击者，假扮无头女的次数多了，露馅的风险就必然会上升。但要是只扮一次，第二次以目击者的身份出面，就能有效规避这种风险。"

"腿呢？"

"她不是罗圈腿吗？"

"可她的腿太粗了……"和平差点就在脑海中勾勒出了田庄须江假扮无头女的模样，"不会的，肯定不是她。"

"为什么？"

"因为她没有动机啊。把你奶奶吓得搬走了，她不就失业了吗？"

"我也考虑过这一点。"

"那——"

贵琉咧嘴笑道：

"如果她宁可牺牲宝贵的工作，也要搞到某个东西呢？如果那个东西价值连城，哪怕丢了饭碗，她也觉得划算呢？"

"你是说淡媛的宝贝？"话刚出口，和平便觉得荒唐，"这也太——"

"只要她自己相信，再荒唐也是真的。"

"可吓唬你奶奶就能把宝贝搞到手了吗？"

第二章　无头女迫近

和平抛出这个关键的问题。贵琉却满不在乎道：

"也许田庄认定无头女想夺走淡媛传下来的宝贝。她心想，奶奶肯定会赶在妖怪得手之前去藏宝的地方把东西拿出来，在搬家的时候一并带走。"

"假设她狂热地相信自己的妄想，那倒也说得通……"

和平让了一步。

"现在回去，说不定能赶在她回家前逮住她。"

两人撒腿就跑。仅这天傍晚，他们就不知道跑了多少路。

二人喘着粗气赶到飚吕丘下时，田庄须江恰好正沿着坡道下来。和平赶在贵琉叫住她之前躲去了电线杆后头，准备仔细偷窥须江的罗圈腿。

如果要偷窥的是同龄人或稍稍年长的女生，和平定会心跳加速。可惜目标人物是位上了年纪的大妈。在认真观察的过程中，他甚至生出了近似于自我厌恶的情绪。

待到她告别贵琉，完全淡出视野，和平才走了出来。

"是她吗？"

贵琉迫不及待地问道。

"说实话，我看不出来。"

和平老实交代，贵琉顿时就泄了气。

"她的身量和无头女差不多，但我不敢确定无头女的腿散发出的怪异感是不是罗圈腿导致的……"

"还是下不了定论啊。"

"无头女的腿应该比她的腿细得多。"

两人一致认为,眼下只能静候无头女再度现身,抓个现行。

谁知事态的发展完全出乎了他们的意料。

第二天是星期六,学校只上半天课,所以和平回家吃过午饭后就去了头类家。周末有空的时候,他都会陪寿子多聊一会儿。贵琉时来时不来,很是随意。

那天回家时,和平终于还是借了迪克森·卡尔的《三口棺材》。之所以说"终于",是因为这本书里有著名的"密室讲义",揭示了密室犯罪题材的侦探小说常用的诡计。换句话说,看这本书之前需要预习相关的作品。因此他最近的课余时间都用在了拜读《三口棺材》的准备工作上。该看的都看完了,这下总算能过把瘾了。

走出头类家的院门时,和平已经翻开了第一页。当然,他也没打算细看,不过是想先扫上几眼。可是走着走着,他的脚步便慢了下来,最后几乎停在了走下飚吕丘的半路上。

啊啊啊——

阴森可怖的喊声突然从天而降。全身沐浴着血红夕阳的无头女尖叫着跑下山的画面,蓦然浮现在和平的脑海中。

他急忙转过身去,却发现视野中真的有个疑似无头女的人影,不由得心头一跳。只见那东西正以极快的速度向他冲来。

和平的第一反应就是跑。可就在这时,他意识到对方好像在说话,在好奇心的驱使下,和平按住了逃跑的冲动。

第二章　无头女迫近

"脖……脖子……被勒住了……好可怕……出来了……可我看不见……我被拽到了半空中……脖子被它……毛毛糙糙的……它……它要弄死我……有什么东西扎了一下……好痛……好难受……可看不见它的模样……好可怕……我被勒住了……果然……是有的……所以才勒脖子……好可怕……妖怪作祟……脖子……好……好可怕……"

在和平眼前说着胡话的竟是田庄须江。她一下子认出了和平，眼看着就要扑过来了，可到头来还是跑远了。

"脖……脖……脖子……！"

只留下了这声莫名其妙的呼喊。

和平急忙赶回头类家，向贵琢如实描述了田庄须江的情形。"你跟我来。"说着，贵琢便带他走向了公馆东侧的森林。

"要进去啊？"

眼看着太阳就快落山了。哪怕和朋友结伴同行，在这种时候踏入密林还是叫人毛骨悚然。

"如果田庄看到无头女的时候没喊出声——"

贵琢却毫不在意，快步朝深处走去

"你觉得无头女会去哪里？不，这么说不太准确。我应该问，在田庄看来，如果无头女没有注意到自己，那它会去哪里呢？"

"你是说这片森林？"

和平如此回答。答案呼之欲出。

"是供奉淡首大人和首无的神龛！"

"嗯，错不了。她也许会认定神龛里藏着淡媛的宝贝。"

就在这时，两人眼前赫然现出一棵参天大树。贵琉绕到树后，只见数根粗大的树枝好似屋顶，罩着下方的神龛。一条相当长的注连绳被无情地丢弃在神龛前，好似盘绕在地的蛇。

"注连绳是田庄解下的？"

"为了检查神龛里有没有宝贝。"

见贵琉打开了左右对开的格子门，和平顿时慌了神。

"哎，要不要紧啊？"

可贵琉已然把头伸进了神龛。和平觉得这么做未免也太冒犯神灵了，心里七上八下，生怕他遭报应。

"什么都没有。"

"须江阿姨刚才说了句'果然……是有的……'。"

"所以自己的脖子才被勒了——她应该就是这么想的。"

"但她还说'我看不见……'，说'看不见它的模样……'。"

"因为她撞见的是妖怪嘛。"

这话听起来不像是贵琉会说的，但和平也摸不清他是几分真心几分玩笑。

"那淡媛的宝贝……"

"就算原来真有，十有八九也被无头女抢回去了，应该没被田庄带走。"

第二章　无头女迫近

那天过后，田庄须江便辞职不干了。说得再准确些，她是拒绝去头类家上班，寿子特意上门去请都不管用。

"得赶紧找个合适的人，免得姑姑和叔叔安插自己的眼线。"

见素来沉稳的贵琉都有些着急了，和平便决定帮着物色物色。谁知问题迎刃而解——

寿子提出要搬去西伊豆的别墅。

看来是寿子在田庄家听须江说了不少。至于内容，当然是"她险些被无头女害死"。于是寿子终于痛下决心。

"房子要怎么处理啊？"

听说贵琉也要陪祖母搬去西伊豆，莫名的寂寞涌上心头，脱口而出的却是这个问题。

"谁知道呢。"

但贵琉似乎对此全无兴趣。眼下最需要他操心的，显然是将在西伊豆开启的新生活。

"我这辈子都交不到你这样的朋友了……"

直到临别时，和平才道出心声。

"谢谢你给了我一段这么美好的时光。"

贵琉和寿子搬走几天后，杏莉家收到了一个纸箱。箱子里码放着精心包装过的书，正是头类家收藏的所有迪克森·卡尔作品。和平百感交集。

四

梅雨落幕，骄阳似火。一天傍晚，瞳星爱来到无明大学图书馆大楼的地下层，站在了"怪异民俗学研究室"的门口。

与闷热的户外相比，图书馆大楼的一层很是凉爽。但只要再下一层，惬意的清凉就会变成莫名的寒意。来到"怪民研"门口时，甚至会有接近恶寒之感。

为什么非要我……

小爱在梅雨季的某天傍晚来到了"怪民研"，讲述了童年的一段经历。那天过后，她便没有再踏足过这个地方，也没有见过天弓马人。她认定自己完成了外婆的嘱托，可以结束工作了。

谁知刀城言耶不仅在信中表达了谢意，还额外提了个要求：他想请小爱去一趟同在京都的法性大学，跟那所学校的大二学生杏莉和平约个时间，让他来跟天弓讲述一下上初中时经历过的一些事。

这明明是天弓的分内事……

她本想立刻把信拿给天弓马人看，剩下的事也统统交给他办。不料天弓去别的大学办事了，怕是没工夫联络人家。

只好我自己来了……

到头来，还是小爱安排了这次会面。说实话，被刀城言耶依靠的感觉还挺不错的。老师明明有天弓这么个助手，却特意托我办事——这种优越感也是不容小觑的因素。

第二章　无头女迫近

可实际走到"怪民研"门口时，她又觉得自己太多管闲事了。她明明只是满足了刀城言耶的要求，却生出了越俎代庖的错觉。

"打扰了。"

因为屋里好像有人，小爱打了声招呼才进门。

她提前寄明信片告知了天弓今日来访的时间。因为不知道天弓什么时候在研究室……这是小爱给自己找的借口。也许"对见他这件事略感踌躇"才是真正的原因。她并不讨厌他，也不排斥他这个人……就是有点莫名其妙的难为情。

小爱来早了，所以杏莉和平还没到。这倒是理所当然。可天弓怎么不见人呢？

小爱看了眼研究室深处的书桌，发现天弓马人确实不在。眼看着火气就要冒上来了，她却愣在了原地。

不对啊？

进屋的时候，她明明有"里面有人"的感觉，所以才打了招呼。话说上次来的时候好像也是这样，在门口感觉到了人的动静，走进去一看，却是空无一人。

听说那地方闹鬼……

传遍校园的流言掠过脑海，瘆得小爱全身一颤。就在这时，背后有人打了声招呼，吓得她跳了起来。

"对不起，吓着你了？"

慌忙转身一看，原来是杏莉和平。

"哦，多谢你前些天抽空见我。不好意思啊，今天麻烦你特意跑这一趟……呃……"

小爱只得替天弓马人道歉，还帮他找各种借口，活活憋出了一肚子的气。毕竟从和平的角度来看，她显然是研究室的人。

小爱请他在工作台配套的椅子上坐下，自己也找了个地方坐下。本想给人家倒杯茶，奈何她也不熟悉研究室的情况，只能硬着头皮拉了会儿不痛不痒的家常，可没过多久就聊不下去了。这种和异性独处一室的状态似乎也让和平颇感困惑。

天弓也真是的，这种时候跑哪儿去了啊……

就在小爱的怒气值不断攀升时——

"哇啊啊！"

伴随着回荡在研究室里的喊声，天弓马人从书架后探出头来。他的双手捧着一本打开的书，看来他这回也是一边看书一边往里走，直到最后一刻才察觉到两人的存在。

你上哪儿去了？不会是忘了今天跟我们有约吧？

小爱将冲到嘴边的埋怨咽回肚里，介绍双方认识。

天弓简单询问了刀城言耶与杏莉和平的关系，然后坐在了小爱的旁边，示意他可以开始讲了。细想起来，小爱本没必要在场旁听，却还是自然而然地留了下来。

杏莉和平娓娓道来。发生在武藏野飓吕丘的无头女事件着实有种难以形容的诡谲感。小爱被那非比寻常的氛围所感染，兴奋得脸颊发烫。天弓的脸色却明显发白，与她形成了鲜明的对比。

他总不会因为害怕就全盘否定杏莉同学的经历吧？

拜上一次的经验所赐，小爱不由得担心起来。果不其然，天弓开始了拐弯抹角的挑刺。

"江川兰子的《血婚舍新娘》、媛之森妙元的《媛首山惨剧》等作品都描写过围绕媛首村秘守一族的首无连环杀人案，刀城言耶老师当然也很了解案件的细节。但那些事和头类家的无头女事件有没有关系，恐怕得打一个问号。"

"果然没关系吗？"

这话约等于否定了和平好心好意讲述的经历，他却不气不恼，反而略显惶恐。

"也不能说完全没关系吧，"小爱很是同情和平，忍不住插嘴道，"头类家是秘守家的远亲，还建了神龛供奉淡首大人和首无呢。再说了，就算杏莉同学的经历不属于刀城老师重点搜集的民俗学怪谈的范畴，可他对怪谈本身也是很感兴趣的呀，把这段经历记录下来不是也很好吗？"

这番话完美预判了天弓的反驳，提前堵死了他的路，小爱真想狠狠夸一夸自己。

"嗯，话是这么说……"小爱都说到这个份儿上了，饶是天弓也不得不认，"而且这件事里也确实有些玄妙的巧合。"

见天弓如此故弄玄虚，小爱立刻追问：

"什么巧合？"

"头类家的'头'字和'首'字意思相近,而且'首'也能念成'kami',近似度就更高了。'类'也和'有无'的'无'同音,都念作'nashi'。也就是说,'头类'是可以替换成'首无'的。"

"那岂不是关系大了啊?"

天弓许是对小爱的惊讶颇为满意,接着问和平道:

"你那位朋友的奶奶是不是四国人?或者她的祖先里有没有老家在四国的?你有没有听他说起过?"

"哦,我听他奶奶说过,她老人家的爷爷好像就是高知人……"

"这也是个相当耐人寻味的巧合啊。"

小爱逼问扬扬自得的天弓:

"到底是怎么回事啊?"

"高知有将'首'念作'furo'的习惯,当地'上吊''抹脖子'[1]之类的词里还用着这个读音。"

"那武藏野的'颸吕丘'不就成'首丘'了吗[2]?"

"那座山丘不在高知,当然不能直接画等号。不过头类家的房子建在叫这个名字的山丘上,确实是一个让人毛骨悚然的巧合。"

---

1 原文中"上吊"写作"ふろ吊り","抹脖子"写作"ふろを刎ねる",其中的"ふろ"即读作"furo"。——编者注
2 "颸吕"读作"furo"。——编者注

第二章　无头女迫近

"无头女就是因为这一系列的巧合才出现的吗？那真是妖怪啊？"

分析姓氏和地名时，天弓还是一副精神抖擞的样子。可和平刚抛出这个问题，他便脸色一沉。

他不会是跟上次一样，想通过对灵异现象做出合理的解释驱散心头的恐惧吧？

小爱手心捏了一把汗。就在这时，天弓突然起身，在房间里来回踱起了步。而且他还会时不时停下来，抽出书架上的书本翻上几页，却又不像是在认真看的样子，反倒像在进行某种仪式。反反复复，没完没了。

果然开始了……

见事态的发展正如自己所料，小爱竟有些莫名的激动。片刻后，天弓不知为何停在了摆在书架上的角兵卫狮子[1]人偶前。他盯着人偶看了一会儿，然后若无其事地回到原位。

"在仔细推敲这一系列的事件时，你就没有发现有一个人的行为不太合理吗？"

"啊？……没有啊。"

这一问题来得突兀，和平始料未及，很是困惑地摇了摇头。

"是谁？"

1　发祥于新潟县的民间传统表演艺术，类似于舞狮，常于辞旧迎新之际表演，有消灾辟邪的寓意。演员（以儿童为主）戴上狮头，在鼓声的伴奏下起舞，其间穿插倒立、翻跟头等特技动作。

小爱替他问道。天弓用理所当然的口吻回答：

"头类贵琉啊。"

小爱与和平哑口无言。天弓轻描淡写道：

"在旁人看来，他是个唯物主义者，认定无头女的存在会对祖母产生负面影响，于是反复推理，试图证明那都是人为现象。但祖母本人对淡首大人和首无的诅咒深信不疑，甚至建了神龛加以供奉。照理说，他应该比谁都清楚祖母有多迷信。"

"话是这么说，可要是能证明有人装神弄鬼——"

"这样也许能解决无头女带来的问题，可祖母根深蒂固的迷信真能以此撼动吗？头类贵琉那么聪明，怎么会想不到那是不可能实现的奢望呢？"

"可他总不能因为这个就撒手不管吧。"

小爱说得在理，天弓也点头表示认同，但随即补充道：

"姑姑和叔叔都想逼走祖母，冈边房地产说不定也插了一脚，因此他们有动机。钟点工田庄须江的动机则是'想得到淡媛的宝贝'。从这个角度看，每个人都是嫌疑人。嫌疑人及其动机往往对被害者有害，这也是天经地义的，但偶尔也会出现对被害者有利的特例，不是吗？"

"你的意思是，那位贵琉同学……"

"主治医生也说了，继续住在头类家的公馆会严重危害祖母的精神健康，他很担心祖母。但公馆里处处都是和祖父的美好回忆，祖母不愿搬走。但她又惧怕淡首大人和首无，认定惠美也

第二章　无头女迫近

是因为它们作祟才在山下的道口出了事。于是头类贵琉先散布了关于无头女的流言，制造出了'妖怪正沿着山坡逼近头类家'的假象。"

"你说的是那些小学生的目击证词吧？"

跟和平求证过后，小爱向天弓提出了一个疑问。

"难道他先假扮成无头女，跑出来吓唬了几个小学生？"

"不，无头女的现身离不开精心布置的舞台。而且他还得考虑到，吓唬小学生时可能会有计划之外的第三者碰巧路过。"

"那……"

"头类贵琉不仅是同龄女生的梦中情人，也很受家庭主妇和小学女生的欢迎。蹲守冈边朝子那天的经历就是铁证。他只需跟太太们和小姑娘们提一提无头女的怪谈，流言就会迅速传开，通过田庄须江传进祖母的耳朵只是时间问题。"

"原来是这样。但这个法子收效甚微……"

"于是他便想，唯一的办法就是让祖母信任的人真真切切地看到无头女。"

"而他选中的目击者，就是好朋友杏莉同学……"

和平本人像是受到了很大的打击，但还是默默听着天弓的推理。

"迷上迪克森·卡尔的经过足以体现出你很怕吓人的故事。"

你也好不到哪儿去……小爱费了好大的劲才把这句话咽了

回去。

"只要让你相信头类家周围真有无头女出没，这份恐惧迟早会传染给祖母，到时候她也许就会重新考虑要不要搬去西伊豆的别墅——这就是头类贵琉的动机。"

"无头女出现的地点是几乎没有访客的头类家院门附近，出现的时间则是背靠刺眼夕阳的傍晚，这就是你刚才说的'精心布置的舞台'吧。"

"但效果还是不理想。无奈之下，他只能再找一个目击者。这一回，他挑中了田庄须江。"

"可是……"和平终于开了口，语气很是客气，"我和钟点工阿姨撞见无头女的时候，贵琉都在二楼的房间里啊。"

"啊，对呀！"

小爱立刻帮腔，天弓却不为所动。

"头类家向来严锁门户，贵琉却能在夜里外出游玩，这说明他溜出家门不费吹灰之力。而且他很有运动细胞，爬雨水管进出二楼的房间想必也不是什么难事。"

天弓看着和平说道。

"你被无头女吓得跑向公馆后侧的时候，他应该能从另一侧绕回自己的房间。当时你在他房间的窗口下面喊了一声，但音量非常小，可他立刻就探出了头，因为他知道你遭遇了什么。"

"可是……"

小爱迟疑着问出了最关键的问题——之所以迟疑，是因为

第二章　无头女迫近

感到了莫名的惧怕。

"贵琉同学怎么可能扮成无头女呢？"

"通常状态下确实不可能。"

"怎么说？"

"他把连衣裙上下颠倒后套在身上，然后倒立起来，把鞋套在两只手上。双腿膝盖弯曲，架在裙子两肩的位置。如此一来，膝盖到脚尖就被裙子遮住了，看起来就跟没有头似的。弯折的脚尖顶着裙子的前侧，乍看仿佛一对乳房。但倒立时双臂关节弯曲的方向和双腿膝盖相反，而且胳膊比腿细，所以才会给你留下'无头女的腿像鸡'的印象。但这肯定也在贵琉的计划之内，因为这样更能凸显无头女的可怖。"

"连衣裙和鞋子是从哪儿搞来的呢？"

"不是惠美留下的，就是从二手服装店买的，方法多得是。"

"田庄须江遇袭也是……"

"是贵琉干的。他意识到仅仅有人目击到无头女是不够的，有必要制造一起更能震撼祖母的事件。然而他又不忍心再让朋友担惊受怕，于是便决定拿田庄须江开刀。也许无头女想去的是森林里的神龛，因为淡媛的宝贝就藏在那里——据我猜测，他巧妙地向须江灌输了这样的念头，将她引向了神龛。她走到神龛以后会做什么还是很好预测的。她会打开左右对开的格子门往里看。如果她看到神龛深处有东西，就一定会把头伸进去看个究竟，或者伸出一只手去拿。"

"于是贵琉同学看准时机，发动偷袭……他从背后勒住了须江阿姨的脖子，所以须江阿姨没看到他的脸。可那段证词听起来诡异极了，不像是在形容一场人为的袭击啊……"

"贵琉当然没有直接上手，而是利用了缠着神龛的那条长长的注连绳。先打结做出一个绳圈，再把圈调整成长方形，用几根针固定在格子门的内侧。关好格子门以后，利用门上面的空隙弄出绳子的另一头，挂在神龛上方的粗树枝上，再拉到大树后方，绑在一块大小合适的石头上加以固定。然后假装不经意地抛出诱饵，在田庄须江下班回家时观察一下，见她走向森林而非院门，就立刻跟上，看准她把头伸进神龛的时机猛拉绳子即可。但真把人弄死了就麻烦了，所以他只是稍微把人吊起来了一下下，很快就放她下来了。在这个过程中，可能有根针被绳子带了出来，扎到了她的脖子。"

"倒是和须江阿姨的证词对上了。"

"她肯定是脚一沾地就摘下了脖子上的绳圈，不顾一切地逃命。如果警方介入此事，等她冷静下来以后仔细查问，就很容易发现她是被人用注连绳吊起来了，神龛上方的粗树枝就是支点。但她的丈夫进过好几次警察局，所以贵琉认定她是不会报警的。"

说完这番话，天弓露出满足的表情，一副尘埃落定的架势。小爱则不然。她的第一反应是担心和平，毕竟他刚刚才得知

第二章　无头女迫近

好友欺骗了自己。

和平这个当事人的反应却有些不可思议。片刻前他还面色阴沉，许是被天弓的推理打击到了，此刻竟是面带微笑。

"多亏你帮我解开了多年的心结。"

和平道了谢。天弓不咸不淡地回答：

"那就好，我会把你的经历记录下来，作为证明'灵异事件也可以用合乎逻辑的推理解释清楚'的案例。"

"话说贵琉和奶奶搬走以后——"

"呃，倒也不用交代后续……"

天弓立刻打断，很不乐意让和平继续，然而和平已经说了下去。

"他姑姑、和代和叔叔留在了头类家的公馆。没想到约莫一年后，姑姑吊死在了神龛旁边的树上。"

听到这话，天弓顿时一僵，小爱也惊得说不出话来。

"又过了一年，他叔叔也在同一个地方上吊自杀了。"

"……"

"至于和代——"

"哎哎哎，打住！你到底……"

天弓慌忙制止，和平却是一副对天弓绝对信赖的样子。

"后来头类家又发生了好几起离奇古怪的事件，我想请你再推理一下——"

"今天多谢你们了，请回吧。"

天弓心急火燎道。这或许是因为……他敏锐地察觉到，和平将要讲述的很可能是真正的灵异事件，不存在任何推理的空间——小爱暗自揣测。

　　所以她本想留住和平，让他展开讲讲。可是看到天弓那千推万阻的模样，她又动了恻隐之心。

　　无可奈何之下，小爱只得拉上不肯走的和平一起告辞。

　　这回你可欠了我一个大大的人情。

　　瞳星爱向天弓马人投去意味深长的眼神，走出了怪异民俗学研究室。

第三章

开膛狐鬼与缩水蟆家

第三章　开膛狐鬼与缩水蟆家

一

你问我在乡下派出所的时候,有没有遇到过什么当地特有的蹊跷事?

我被派驻芽刺的村子时,还真出过一桩怪事。当时正值明治[1]末年。也许那种既惨绝人寰又令人毛骨悚然的谜案,注定会发生在时代的转折点吧。

嗯,那案子一直都没破,但也不是严格意义上的悬案,因为警方姑且按野兽行凶处理了,所以单看记录的话,案子其实是结了的。

那座村子北边有一连串海拔两千多米的高山,离得最近的叫秋波山,但那座山里有熊,平时只有猎人才会去。所以对村民来说,秋波山虽然近在咫尺,却也远在天边,陌生得很。

---

[1] 日本睦仁天皇在位期间使用的年号,使用时间为1868年10月23日至1912年7月30日。

可是那年初冬，常有熊下山闯进村子里。猎人们说，平时人和熊各有各的活动范围，井水不犯河水，但这种平衡随时都可能被打破。一旦出现异常情况——好比熊在山上找不到吃的了，或者尝到了人吃的东西、上了瘾，熊就会突破界限，闯进人的生活圈。

可惜我不记得那次是因为什么了。不过出了这种事，总归是要采取点措施的。猎人们商量了一下，决定在秋波山脚下装个陷阱。

知道怎么抓麻雀吧？找个木桶或者笸箩，用棍子支起来，在下面撒些米粒，再系一根绳子在棍子上。等麻雀钻进去，用力一扯绳子就行了。这种陷阱简单得很，小孩也会做。

猎人们准备的就是这种陷阱的升级版。用铁笼子代替木桶和笸箩，米粒换成活兔子。铁笼子肯定没法用棍子支起来，所以改成了熊一扑向猎物就会牵动或弄断绑在兔子身上的绳子，让笼门自动下坠关闭的机关。而且这笼子设计得很是精巧，笼门下坠时的冲击会让两个钩子卡住门框，将门牢牢锁住。要想打开笼子，就得先用撬棍撬开那两个钩子，而且还只能从外面撬。就算熊把笼门所在的那一面推了上去，门也绝对不会打开。

村里人当然都知道秋波山脚下装了这么个陷阱，不过没有一个人出于好奇去看热闹，万一运气不好撞见熊了呢？但我还是应该多留个心眼的。

是孩子……

第三章　开膛狐鬼与缩水蟆家

听说山脚下装了这么厉害的陷阱，孩子们哪里还坐得住？尤其是男孩子。我们大人早该料到的。

那天傍晚，是能家的下人吉善冲进派出所，说他家三少爷三都治不见了。三都治上小学二年级，据说吃了午饭就出门了，到现在还没回家。那天是星期天，小学不上课，所以他一早就出去玩了，中午回家吃完饭便又跑了出去，家里人只知道他"要去瓜子川钓鱼"。

瓜子家自古以来就是村里的名门大族，连河都冠了他们家的姓氏，可见家族历史有多么悠久。只可惜他们过于看重血统，日渐式微。那可是个行医世家啊，想想还怪讽刺的。

那时瓜子家已经彻底没落了，是能家成了村里最有权势的人家。单就资产而言，其实是能家一直都和瓜子家不相上下，但瓜子家牢牢掌握着村子的话语权，是能家在他们面前也抬不起头来。村民们也非常敬畏瓜子家。不，瓜子家的影响力不仅限于本村。他们和周边几个有权有势的家族也有密切的来往，所以势力相当深远。而出事的时候，炙手可热的瓜子家几乎已经覆灭了。

我私底下把瓜子家比作平氏，把是能家比作源氏[1]。不过这都是无关紧要的题外话。

总之，村里最有权势的是能家的三少爷失踪了。由于事关

---

[1] 源平合战是日本平安时代末期的大规模内乱，被视为衔接日本古代与日本中世时期的关键历史事件。最终结果是平家政权土崩瓦解，以源赖朝为中心的关东武家政权（镰仓幕府）登上历史舞台。文中提到的"源氏"和"平氏"就是大战的双方。

重大，我立刻叫上青年团直奔瓜子川。大伙儿从上游找到下游，河滩和河里的角角落落都找遍了，可就是找不到。

瓜子川还算宽，但水并不深，那个季节的水流也不算湍急。要真是掉进了河里，被水冲走了，也早该找到了。

该不会是……

我有种不祥的预感，忙问跟我们一起找人的吉善：

"知道三都治的朋友住哪儿吗？"

我在他的带领下走访了好几户人家，问三都治的朋友知不知道他去了哪里。

孩子们个个摇头。但直觉告诉我，他们中有几个人知道三都治的去处。如果条件允许的话，我倒是有信心撬开他们的嘴，奈何事态紧迫，时间不等人啊。

事已至此，只能逼孩子们说实话了。我刚冒出这个念头，吉善忽然提议：

"警官，要不问问少爷小姐们……"

怎么早没想到呢！我猛拍大腿。

我们立即赶往是能家找大少爷和二少爷了解情况，但他们似乎也一无所知。于是我又去找了大小姐（其实她比三都治还小两岁），结果她支支吾吾，不肯回答。

看样子，她肯定知道点什么。

我确信她是知道内情的，之所以守口如瓶，八成是怕被哥哥臭骂一顿。如果三都治平日里就对她蛮不讲理，她必然会害怕哥哥的报复，不敢道出真相。

我耐着性子陪大小姐说话，以缓解她的忧虑。功夫不负有心人，她终于开口了。

"他说要去河边，可是往反方向走了。"

一听到这句话，我的心顿时就凉了半截，只觉得不祥的预感要成真了，眼前一片漆黑。

一旁的吉善大概也想到了一处，吓得脸色煞白。

"我们先去看看。"

吉善默默点头。我们匆匆赶往跟瓜子川方向正相反的秋波山脚下。

猎人们安装捕熊陷阱的时候，我也在场旁观，所以知道笼子在哪儿。乡下派出所的片警必须熟知村里的大事小事，不然工作中会处处碰壁。

太阳早已沉入地平线，所幸还有星光，夜路还算好走。可是走着走着，我就后悔了。早知道就该找个拿猎枪的猎人陪着，因为怕碰到熊。吉善大概也是这样想的，一直东张西望。不过走到铁笼以后，我们就顾不上怕熊了。

因为笼子里有东西。

起初我们还以为是熊，可熊不该那么小。真是三都治不小心被关进笼子里了？我抱着这个念头凑近一看，顿时瞠目结舌。

倒在笼子里的确实是三都治，但他已经死了。遗体被开膛破肚，血肉淋漓。我下意识把右手伸向腰间的手枪，留意四周的情况，生怕袭击三都治的熊还没走远。

可是细细一想，我便觉得不对劲了。孩子显然是在笼子里遇袭的。铁栏杆门紧闭，钩子也卡得很紧，可是最关键的熊并不在笼子里。三都治运气不好，碰巧跟熊一起被困住了，于是不幸遇难——可没有了熊，这个假设就站不住脚了。

究竟发生了什么？

我愣在原地，一旁的吉善阵阵干呕。

"我留在这儿守着，你去派出所跟警署报个信！"

我立刻意识到，这可不是乡下片警能搞定的案子。于是我对吉善下达了明确的指示，让他第一时间赶去派出所。

警署的刑警们姗姗来迟，深更半夜才到。他们还没到的时候，熊家的人便蜂拥而至，保护现场的难度可想而知。家属怎么忍心把三都治的遗体撂在那种地方呢？更何况孩子的死状还那么凄惨。我费尽了唇舌才劝住他们。

当天夜里，猎人们打开了笼门。刑警们大致检查了一下笼子的内部，然后将遗体送往临镇的医院暂存。第二天又进行了全面的现场勘验和尸检。

通过勘验和尸检得出的事实有以下几点。

第一，笼子旁边有一根掉落的鱼竿，可见三都治是在好奇心的驱使下靠近了陷阱，结果一不留神被困在了里面。

第二，笼子里只有三都治的遗体，但发现了另一个人进过笼子的痕迹。

第三,不知道此人是什么时候进的笼子。可以断定是人,而不是熊。

第四,三都治的肚子被钝刀剖开,内脏也被搅乱了。死因应为失血过多。

第五,杀害三都治的凶手十有八九就是和他同在笼中的神秘人。

第六,笼子的部分铁栏杆上留有被害者的血迹,但无法据此推断凶手是从那里钻出笼子的。因为铁栏杆的缝隙比年仅八岁的三都治都窄了那么一点点,这也是他没能逃脱的原因。

第七,可以排除凶手行凶时身在笼外的可能性。原因有二:其一,被害人的遗体几乎位于笼子的中央,笼外的人不太可能伸手够到;其二,如果真是笼外行凶,铁栏杆上应该会附着更多的血迹。

照理说,上头不会把这样的细节透露给一介片警。但案发现场着实诡异,警署的刑警们都百思不得其解,所以才把现场勘验和尸检的结果告诉了我,想征求一下我的意见,毕竟我比较熟悉当地的情况。

可惜我辜负了他们的期望。不,或许事实恰恰相反。

难道是狐鬼干的好事?

不知不觉中,部分村人传起了这样的谣言。据说"狐鬼"是秋波山里的妖怪。

嚯，还真是这样啊？不瞒你说，我当时也觉得"狐"和"鬼"这个组合很是奇怪呢。两个词单独拎出来都有无数的旧话传说，可我从没听过组合而成的叫法。

难道这个"狐鬼"是狐狸变的恶鬼？要真是这样，那它的真身总归是狐狸吧。可是瞧那些村民心惊胆寒的样子，我总觉得重点是后面的"鬼"字，而非"狐"字。也就是说，他们畏惧的原因恐怕在于"鬼"的那部分。

更不可思议的是，出事之前我根本就没听说过什么狐鬼。我刚才也说了，身为乡下派出所的片警，村里大大小小的事情我都得做到心中有数。可我都没听说过狐鬼。这就意味着狐鬼很可能是和村子的阴暗面密切相关的传说。

片警也有可能出身本村，或者说这才是常态。但我并非如此。我的老家也是座差不多的村子，所以来到这里以后，我感觉很适应，还以为自己早就跟村民们打成了一片……

但当不小心触及村子的黑历史时，偶尔也会出现永远甩不掉"外人"标签、无法融入村里这种情况。

直觉告诉我，狐鬼搞不好就是碰不得的黑历史。要是情况允许，我是想装不知道的。可死了一个孩子，警署也派刑警过来查了。被害者还是村里最有权势的人家的孩子。

我觉得这种时候不该有所隐瞒，就把狐鬼的传闻如实告知了刑警，他们却嗤之以鼻。这也难怪，换作是我，八成也会是一样的反应。

第三章　开膛狐鬼与缩水蟆家

警方最终给出的结论是，三都治是被野兽害死的。那头野兽的个头很小，能随意出入铁笼子。"钝刀"则被解释成了野兽的爪子。

可害死三都治的究竟是什么野兽呢？

这个最要紧的问题还是没有答案。从本质上看，警方得出的结论和"狐鬼作祟"的谣言也没什么区别。

我对这个结论很是不满，却也觉得不是全无道理。要不是野兽所为，又何必剖开孩子的肚子呢？其中的动机实在令人费解。如果凶手是野兽，孩子的死状或许还说得通，可要是人，那就太莫名其妙了。这个瘆人的谜一直都没有解开。

是能家也是不服气的。不，在我看来是这样没错，但他们也没去抗议，好像接受了现实……

警方给出站不住脚的观点，当然是为了维护威望。哪怕要用谎言粉饰太平，也得装出案子已经破了的样子。照理说，是能家并没有配合警方的理由……也许是有什么不为人知的隐情吧。

案子就这么姑且了结了。可怕的是，事情到这儿还没完。因为又出现了新的被害者。

在三都治惨死的两天后，是能家的旁系分支遭了殃。那户人家的三少爷三郎太在上学路上失踪了。他那天早上睡过头了，出门的时间比平时晚了一些，小伙伴们都走光了，所以只得独自去上学。可是老师左等右等，都没等到他来学校。

老师以为他是因故缺勤，可毕竟前两天才出过事，为了慎重起见，还是派人去家里问了。家里人说三郎太肯定上学去了，就是走得迟了些，八成是要迟到的。

消息很快就传到了派出所。我第一时间冲向那个铁笼子。倒也没什么特别的理由，只是又有了不祥的预感。

三郎太还真在笼子里，和三都治一样惨遭开膛破肚……而且种种痕迹表明，他是被刻意运进笼子里的。

警署再次派刑警前来查办，但最后还是按野兽行凶处理了——和三都治一样的死状就是铁证。

我提议搜山，但上头说行凶作乱的是野兽，这种事不归警察管。于是我便去找是能家和村里其他有影响力的人家，可他们也都不太积极。村民们也一样，就好像他们相信狐鬼是真实存在的，怕它降下灾祸……

但猎人们好像是上过山的，说不定他们瞒着我偷偷追捕过狐鬼。

谁知在三郎太出事的第二天早上，第三个孩子遭了殃。那孩子好像是叫由吉吧，他家是给是能家种地的佃农。由吉经常迟到，但他迟到的原因和三郎太不一样。少爷是因为睡过了头，他则是因为每天早上都要帮家里干活。但对村里的大多数孩子来说，上学前干点活也是很正常的。从这个角度看，由吉的迟到是自己的问题。

接连有两个同龄的孩子遇害，由吉本人和他家里人就不担心他独自上学吗？

第三章　开膛狐鬼与缩水蟆家

你会有这样的疑问也正常，但这是有原因的。三都治和三郎太都是富贵人家的孩子，村民们都觉得这就是他们被盯上的原因。虽然没什么逻辑可言，但我觉得这么想还是挺自然的。所以大多数村民都没放在心上，认定事不关己。

可就是这份大意酿成了恶果。

出事地点还是那个笼子。你肯定很纳闷，怎么就没派人盯着呢？但当年的我对此无能为力。上头断定是野兽所为，村民们貌似也请猎人上山追捕狐鬼了。在这种情况下，我一个小小的片警也孤掌难鸣。

猎人们动作频频，但他们没找我和村里的青年团帮忙，看样子是想凭自己的本事做个了断。毕竟孩子是死在铁笼子里的，他们肯定很内疚。尤其是三都治那次，要是没被陷阱困住，他也许就不会受那种罪了，所以猎人们都觉得有责任吧。

第二天早上，第四个孩子遇袭了。这孩子……好像是叫四郎吧。他家是给是能家的佃农种地的小佃农。

四郎倒是没迟到，他每天都独自上学。在去小学的路上，有一片大白天都很昏暗的杂树林。据说他路过树林时，突然有人从后面勒住了他的脖子。

也就是说，凶手提前藏在了那片杂树林里，屏息等待下一个被害者经过。

匪夷所思的是，凶手这回竟什么也没做。他撂下了几乎昏迷的四郎，就这么走了。他为什么不像前两次那样，把人运去那

139

个笼子？他特意把三郎太和由吉弄进了笼子，可见对笼子特别在意，怎么就偏偏留下了四郎呢？四郎得救的原因究竟是什么呢？

当天晚些时候，"猎人们打死了狐鬼"的消息在村里悄然传开。

我找了几个村民求证，可他们既没有否认，也没有承认。不过第五个被害者一直都没有出现。久而久之，我便也信了那个传言。

狐鬼究竟是何方神圣？它为什么要撕开孩子们的肚子？直到现在，我仍会时不时想起那些未解之谜。

二

爷爷讲述的早年经历里，有一个让人毛骨悚然的故事。

听说很多同龄的年轻人喜欢爬山，我却总也提不起劲来往山里跑。原因搞不好就出在爷爷讲的故事上。

我有个姓高根的朋友酷爱爬山。他告诉过我，日本的现代登山运动始于明治三十年代[1]后期或大正[2]中期。就算前者才是正确的年份，也比我爷爷开始爬山的时间晚了不少。

---

[1] 明治三十年为1897年，"明治三十年代"指1897年至1907年这段时间。
[2] 日本嘉仁天皇在位期间使用的年号，使用时间为1912年7月30日至1926年12月25日。

不过我也不确定爷爷那种算不算正经的爬山。听说他不带帐篷,露宿全靠军毯,所以只敢在夏天进山。高根说,哪怕是仲夏时节,天黑以后山上也是很冷的。这么说来,爷爷当年简直是拿性命当儿戏。

父亲说爷爷是个肆无忌惮的人。爷爷总是理直气壮,说什么"只要不给人家添麻烦,我爱干什么就干什么"。他向来是独自上山,独自下山,确实不关别人的事,可家里人却受不了。他来了劲便会跑出门去,也不知什么时候才回来,家里人一点办法都没有。

有一次,爷爷打算用三天时间徒步纵穿留目地区的山脉,没想到走到半路,竟撞见了一座特别古怪的房子。

第二天下午之前,一切都很顺利,每个环节都是按计划进行的。我有点不敢相信爷爷会在爬山前做计划,但他说他确实有做计划的习惯。高根告诉我,只要一个人对山里的情况略知一二,哪怕他平日里再鲁莽,都不会毫无计划地闯进山里。可是照我爷爷的性子……

不过两个晚上的落脚点他还是提前定了的,第一天晚上也如期到达了目的地。谁知到了第二天的傍晚时分,他还没走到原定地点,想必是迷路了。

原定路线中的媚眼岳应该已经翻过去了,八成是之后走错了路。照理说,遇到这种情况时不能到处乱转,最好原路返回,但我爷爷是那种一条道走到黑的性子,还是继续往前冲。冲着冲着,就彻底迷路了。

都说山里的傍晚格外短,以为还早着呢,等回过神来的时候,天都已经黑了。爷爷就遇到了这种情况。

反正是裹着军毯对付一晚上,照理说睡哪儿都差不多,可爷爷就是不想睡在计划之外的地方。很奇怪吧?平时做事毫无顾忌,在一些细枝末节上却又特别神经质,真是个麻烦又难搞的人。

不知不觉中,爷爷开始往下走了。按他的计划,这个时候本该往上走的。简而言之,他提前一天从别处下了山。

事情到了这个地步,爷爷也无能为力了。他也没傻到还想往回爬。还是赶紧下山,在附近的村子找个地方落脚为好。他记得那一带盛产土酒,还想着说不定能蹭上一顿好酒好菜呢。

可他走了好久好久,都没到山脚下。本以为离日落还有一阵子,周围却是越来越黑了。再磨蹭下去,就得在迷路的状态下,在一座陌生的山里过夜了。爷爷环顾四周,却没找到合适的落脚点。不管怎样,还是得继续往下走。爷爷一筹莫展。

只能一路走下去了。

就在爷爷下定决心的时候,周围突然变得漆黑一片,仿佛有人关上了电灯。

咦……?

爷爷吓坏了。太离谱了,这怎么可能呢?经验告诉他,天色本该徐徐变暗,等回过神来已完全被黑暗笼罩,这才是山里的

第三章　开膛狐鬼与缩水蟆家

日落。

此时此刻,眼前却是突然黑了,就跟真断了电似的。周围仿佛是中了狐狸的妖术,叫人瘆得慌。

于是爷爷不慌不忙地坐在山路上,缓缓掏出一支烟抽了起来。据说那是爷爷的爷爷教的法子,能破除妖术。

爷爷抽了会儿烟,可周围还是黑漆漆的。他意识到天大概是真的黑了。突如其来的黑暗确实让人费解,但眼下可不是悠悠哉哉抽烟的时候。

山上的晚饭得趁着天亮做,赶在天黑前吃完。做饭时要生篝火,所以爷爷随身带了火柴。但他没有照明灯。他上山的时候从不在天黑以后走动,所以本就用不着灯吧。可事情总有万一,爷爷压根儿没考虑过这些。说好听是胆子大,说难听就是缺心眼。

饶是胆子再大,爷爷都不知道该怎么办了,只得抬头望天。虽然是阴天,但好歹有一点星光。问题是,周围都是高大的树木,所以脚下一片漆黑,啥也看不见,根本没法赶路。可他也不能歇在半山坡上,得找个地势更平坦的地方。奈何周围实在太黑了,他没法走。进也不是,退也不是。

爷爷心里实在是没底,只得四处张望,盼着神佛显灵。这可不像是他干得出来的事。就在这时——

一丝光亮映入眼帘。

他急忙定睛去看,那光亮却不见了踪影。但他确实看到了。

虽然转瞬即逝，但黑暗中确实有过一抹光亮。

爷爷立刻用原地踏步的法子一点点挪动，同时凝神注视前方。他心想，肯定是因为自己动了一下，所以片刻前透过树木瞥见的光亮才会被挡住。

但伸手不见五指的黑暗好像真能让人失去方向感。爷爷坚信光亮就在前方，可任他如何调整站立的位置，都看不见任何东西。他还试着左右摆头，然而除了一片漆黑，视野中别无他物。

试到最后，爷爷都开始原地转圈了。转了一圈又一圈，还是看不到任何光亮。不，应该说他根本不知道到哪儿才算转完了一圈，因为视野中就没有能用作标记的东西。以为自己在转第三圈，搞不好还是第二圈，甚至有可能是第四圈。

爷爷就这么不停地转圈。饶是他都越转越害怕了，不禁疑心自己是不是真的中了狐狸的妖术……

就在这时，眼睛再次捕捉到了光亮。

爷爷急忙双脚立定，生怕看丢了那救命稻草一般的光亮。他全神贯注，确保目光牢牢锁定前方的亮处。

可新的问题随之而来——该怎么过去呢？他用脚尖摸索了一番，感觉有亮光的地方不在山路的上下两侧，而是在右下方，根本无路可走。要是天还亮着，倒是能盯着目的地沿山坡往下走，然后想办法拐去那个方向。但在黑夜里贸然行动风险太大，很可能会立刻迷失方向，再也找不到光源。

只能直接奔着光源去了。

第三章　开膛狐鬼与缩水蟆家

爷爷痛下决心。其实这么做也很鲁莽，但考虑到自己的处境，他觉得这就是唯一的选择。

于是他费了九牛二虎之力拨开树丛，一点点往前挪。周围黑得可怕。脚下屡屡打滑，他每次都吓出一身冷汗。要是在这种地方摔上一跤，怕是会滚到坡底，后果不堪设想。要是伤得动弹不得，就只能等死了。所以爷爷光顾着脚下，脸时常撞到枝叶，疼得不行。本想合上眼皮，护住眼睛，反正周围一片漆黑，睁不睁眼都一样。但他又不敢不盯着那团光亮。万一走出树丛，睁开眼睛的时候啥也看不到……光是想象这一幕，他都吓得心惊胆战。

爷爷咬着牙往前走，离希望之光越来越近。

走着走着，他突然走出了茂密的森林，站在了一片平坦的草地上。仿佛是又中了一波妖术……

出现在他眼前的，是一栋离奇古怪的房子。乍看像木头搭的山中驿站，可定睛一看，那房子竟是西式的，左半边还有两层楼。当时爷爷看到的是房子的侧面。

但爷爷总觉得这房子有种和设计无关的诡异感。在看到房屋全貌的一刹那，他便觉得很不对劲了，可就是说不出不对劲在哪儿，心里憋得慌。

他明明知道自己为什么会觉得古怪，脑子却好像消化不了这个事实，别提有多瘆人了。

光亮来自右半边一楼的窗口，但光源显然不是电灯，而是油灯。朦胧昏黄的灯光透过窗帘，照亮了窗玻璃的内侧。

爷爷绕去房子的右侧，发现那才是有前门的正面。但他没找到洋房都有的门铃或敲门器，只见到了一扇长方形的门，边上则是一扇半圆形的窗户。玄关部分的左右两边都是严严实实的墙，没有别的窗户，但右手边的屋顶装着烟囱，下面显然是有壁炉的。

爷爷诚惶诚恐地敲了敲门。敲门声的回音出乎意料的响，把他吓了一跳，但门后鸦雀无声。

正要再次敲门时，轻微的响声传入耳中。嘎吱……像是屋里有什么东西在响。爷爷还以为是屋里的人来了，可是左等右等，门都没有要开的迹象。

于是爷爷又敲了敲门，然后竖起耳朵。他等了很久很久，却没听到刚才的那种嘎吱声。

他走去房子的左端，想看看刚才亮着灯的那个窗口。可不知为何，窗口竟漆黑一片。只可能是屋里人听到敲门声后立刻熄灭了油灯。

人家好像不太欢迎我啊。

向来肆无忌惮的爷爷都不得不往这个方向想了。话虽如此，他眼下也只能向这户人家求助。

他绕回前门，犹豫着握住了门把手。咔嚓……门后传来一丝声响。微弱的阻力过后，门板轻轻开启。

他将门推开一半，探头进去道了声"晚上好"。话音刚落，他便心头一跳。因为他终于明白这房子怪在哪儿了。

这房子太小了……

我也不知道当时爷爷的身高是多少,但他说前门显然是偏矮的。不,不光是门,是整栋房子都小得跟缩水了似的。

在爷爷看来,这栋房子大概只有普通住宅的三分之二那么大。

深山老林里竟有这么一栋稀奇古怪的房子。到底是谁建的?建来做什么?为什么要特意建成西式的?住在里头的到底是何方神圣?……

无数疑问涌上心头,爷爷的后颈顿时就起了鸡皮疙瘩。

这不会是妖怪住的地方吧……

爷爷从不信妖魔鬼怪,那一刻却是打从心底里生出了这样的怀疑。不过他很信"狐狸会妖术"那套,所以对"山里有妖怪"之类的说法也没什么抵触吧。

进这种屋子准没好事。

趁妖怪还没出来,有多远逃多远。

爷爷如此告诫自己,悄悄关上前门转过身去,却愣在原地动弹不得。

前方只有伸手不见五指的黑暗。天也很冷。还有稀稀落落的雨滴落在了脸颊上。出门前看的天气预报说这几天都是晴天,但山上的天气说变就变,搞不好真要下雨。

身后的房子虽然古怪,但好歹能为他遮风挡雨,岂能轻易

147

舍弃。再说了，他也没有别处可去。这个时候转身离开，就意味着他必须另找一个能安全露宿的地方。雨已经下起来了，各方面的条件都糟糕透了……

爷爷犹豫极了。

走进身后的房子，至少不用受风吹雨打的罪。里头好像是有壁炉的，应该还能生个火。问题是……这房子安全吗？在这栋来路不明的房子里过夜，真的不会出事吗？

哗啦啦……就在这时，雨势突然加剧。

爷爷猛一转身，横下一条心，走进了那栋阴森恐怖的房子。

门内黑得伸手不见五指。爷爷摸出火柴擦亮，发现自己所在的地方疑似门厅，但同样非常狭小。天花板当然也很低，所以有很明显的压迫感。爷爷忽然怕了，怕房子会继续缩小，把他压成肉酱。

他又擦了几根火柴，发现门厅的左右两侧和深处的墙上各有一扇门。左边的门通向储物间，右边的门连着起居室。万幸的是，起居室的桌子上摆着一盏油灯。

点亮油灯后，爷爷看见起居室深处有一座壁炉。不过"深处"是相对于房门说的，其实壁炉本身位于房子的正面。他绕过同样偏小的桌子和沙发，来到壁炉跟前，发现里面还有一丝余温。

难道屋里人不单熄了那个房间的灯，还灭了壁炉的火？

想必是因为爷爷敲了门。换句话说，住在这栋房子里的人

第三章　开膛狐鬼与缩水蟆家

似乎很害怕突然来访的客人，还插上了前门内侧的钩锁。但因为过于匆忙，钩锁没插到位，所以爷爷才顺顺利利进了屋。

房子本就古怪，又建在这么偏僻的地方，平日里肯定不会有人来，所以爷爷倒是能理解屋里人的感受。但这并不意味着他能就此安心。对方是怕他的，应该不会加害于他，但他对人家一无所知，这一点并没有丝毫改变。

爷爷决定在壁炉里生个火，睡在起居室里。他也觉得最好是歇在门厅，天一亮就走，可是都知道隔壁房间里有座壁炉了，怎么能忍住不用呢。而且起居室离门口还算近，心里的负罪感也能稍微轻一些。

可他找了一圈，愣是没找到木柴。没有木柴，就没法用壁炉了。

爷爷犹豫了片刻，还是决定找找看。他心想，既然起居室里有壁炉，放柴火的地方肯定就在附近。

他提着油灯回到狭小的门厅，打开了正对着前门的那扇房门。门后是一条很短的走廊。天花板又低又窄，让他顿时有种被关进了墓穴的错觉。

走廊左右两侧的墙上各有一扇门。难道右边那扇门是……爷爷开门一看，果然是刚才那间起居室。因为油灯太暗了，他没发现壁炉对面的第二扇门。

一打开走廊左侧的门，便有某种气味扑鼻而来。原来是厨房。但房间里空无一人，也没有吃的。不过残留的气味显然属于食物，足以说明片刻前还有人在这里做饭。根据厨房的位置，不难判断出之前亮灯的就是这个房间。

这房子果然有人住……

应该错不了。而且出于某种原因，对方不想被他发现——这个猜测怕是也没错。

明明是我自顾自闯了进来……

想到这儿，爷爷都有些过意不去了。但负罪感并不是很多，因为这房子实在是太古怪了。要是在这个节骨眼上因为过分的同情放松了警惕，搞不好要吃大苦头——他无论如何都无法摆脱这种恐惧。

这气味也有点不对劲。

当时爷爷明明很饿，却完全没被厨房里的气味勾起食欲。气味本身并不难闻。他能闻出那确实是食物散发的气味。可要是有人问他想不想吃，他定会摇头拒绝。也就是说，他对弥漫在厨房中的气味产生了近乎生理厌恶的排斥。

回到走廊，关上房门后，爷爷便想回起居室了。但他还没死心，还想接着找柴火。他能切身感受到，壁炉里的火不仅能暖身，还能暖心，所以说什么都不想放弃。

走廊尽头还有一扇没开过的门。根据房子的外观，不难判断出门后便是房子的后半部分。

爷爷伸手握住门把，迟疑着打开了门。

寒冷的夜风扑面而来，吓得他周身一颤。门后本该是房子

第三章　开膛狐鬼与缩水蟆家

的后半部分，怎么就出来了呢？

爷爷用油灯照了照脚下，一条石板路映入眼帘。他吃了一惊，环顾四周，竟又吓了一跳。见左手边正是寻觅已久的柴堆，爷爷顿时松了一口气。可右手边竟是带日式小方亭的中庭。如此不伦不类的景象，让他生出了莫名的不安。

这房子建在深山老林里，四周都是大自然，放眼望去，除了绿色别无他物。简而言之，户外的一切都跟院子里没差别。在这样的环境下特意建一座中庭，未免也太奇怪了。

照理说，有人打理的庭院肯定不同于自然生长的草木，应该轮廓齐整，赏心悦目。这户人家的中庭却并非如此。虽不至于杂草丛生，却也没有修整到"美观"的地步，颇有些不伦不类的感觉。而且中庭和房子一样狭小，定睛一瞧，便能看到树后不远处的围墙。小方亭也是小得可怜。

爷爷转身背对中庭和小方亭，查看起了柴堆。柴堆由好几百根木柴组成，下半部分被一扇左右对开的门挡着。感觉一拉开门，木柴就会立刻向他这边倾泻而来。柴堆上方是凸出来的天花板，应该能起到挡雨的作用，眼前的大量干柴便是最好的证据。而木柴本身也劈得比寻常木柴要小一些。

爷爷正要伸手去拿木柴，却忽然被石板路尽头的门吸引住了。在外面观察房子的侧面时看到的"有两层楼的部分"，应该就在那扇门的后面。

还不快拿上柴火回起居室！

爷爷如此叱责自己，可就是忍不住想进那扇门看看。前半边都逛得差不多了，也不差这后半边吧——爷爷许是被这个自私的念头主宰了。

但他心里总归还是怕的。进屋以后，他一直都没见着人，所以住在这栋房子里的人肯定就在那扇门后。但你要是问他想不想见人家一面，那他肯定不想，巴不得躲得远远的。

那就别过去啊。

爷爷心里直打鼓，却像是被迷住了似的走上了石板路，把手放在了那扇门上。搞不好他那时是真的中了邪。

门后是一间大厅。右手边和深处各有一扇门，左手边则有两扇门。左手边近处的门通向厕所和浴室，远处的门后则是食品库。食品库深处还有一扇门，打开以后，左手边是一座很陡峭的楼梯，疑似通往二楼。门厅深处的那扇门内侧装有钩锁，门后便是户外，相当于寻常人家的后门。

外面漆黑一片，什么都看不见。倾盆大雨还没有停。正要折回去的时候，爷爷忽然发现地上好像有什么痕迹。他提着油灯凑近一看，草地上还真有条隐约可见的小道，看着像人来来回回踩出来的。

莫非家里人平时是走这扇门的？

这个念头一闪而过。但爷爷转念一想，照理说家里人应该是走前门的啊。走后门的一般都是上门做买卖的商贩，可谁会进深山老林送货呢？

第三章　开膛狐鬼与缩水蟆家

那草地上的小道是怎么踩出来的？

进出这户人家的究竟是谁？

爷爷越想越害怕，急忙跑回屋里，打开了仅剩的那扇门。谁知出现在他眼前的又是一个稀奇古怪的房间，不知道是用来干什么的。从这个角度看，它和房子本身一样可怕，瘆人程度有过之而无不及。

油灯的光亮在地面形成了诡异的反光。怎么回事？爷爷仔细一看，惊讶地发现地上竟铺着瓷砖。房间中央孤零零摆着一张长方形的桌子，却不见一把椅子。

光这一点就够奇怪的了，可更让人费解的是整个房间的结构。背对房门时的正前方和左手边都是宽大的楼梯。要知道那是完完全全的室内……楼梯的顶端就只有墙壁……

墙壁的上方还是高高的墙壁。那是爷爷进入这栋房子以来第一次看到那么高的天花板，可见这部分的一层和二层是打通了的。

这两座神秘的楼梯占据了房中三分之二的空间。爷爷来来回回查看了好几遍，可就是想不明白这房间是做什么用的。应该说这个房间的存在本身就让人摸不着头脑。

而且空气中还飘浮着奇怪的气味。在厨房闻到的虽不诱人，但好歹是食物的气味。可弥漫在这个封闭空间的，分明是让人食欲减退的臭味。

之所以用"封闭"这个词，是因为这个房间一扇窗也没有。在爷爷进过的所有房间里，没有窗户的就只有储物间和食品库，其他房间都照常安了窗户。为什么只有这个房间没有窗户呢？

爷爷逃出房间，上臂起了一层鸡皮疙瘩。他真想走后门逃出这栋房子，可是条件不允许。他也知道被困在深山老林里是很危险的，稍有不慎就会丢掉小命。

只能在半路上拿些木柴，回起居室去了。

可爷爷还是放不下那座通往二楼的楼梯。他明明才刚被古怪的房间吓得毛骨悚然，却也无法忍受房子里还有自己没查看过的地方。不去瞧个究竟，他定会惶恐不安。

于是爷爷用油灯照亮脚下，爬起了楼梯。天花板很低，台阶也是又窄又浅，很是憋屈，但他还是小心翼翼地一级一级往上爬。走着走着，楼梯向左拐去。爷爷唯恐拐角另一头的黑暗里藏着什么东西，于是先把拿着油灯的手伸了出去，照了照，确定什么都没有以后，他才接着往上爬。拐弯后爬了没几级，二楼的地板就出现在了视野中。

爷爷在狭窄的地面立定，发现眼前只有一扇门。他差点抬手敲门，反应过来以后险些笑出声来。都自说自话进过那么多房间了，这会儿还敲门，多荒唐啊。

门后是一条左右走向的短小走廊。左手边不远处就有一扇门。打开一看，原来是储物间。往右走了几步，便是个疑似书房的房间。房间里摆着书桌、椅子和书架，但都比正常尺寸的要小。更让他惊讶的是……书架上的书也比寻常书本小了一圈。

我不会是误闯了异世界吧……

直到此刻,爷爷才冒出了这么个带点科幻色彩的念头。他当然没看过科幻小说,当时甚至还没有"科幻小说"这个说法。但在民间传说中,误入异世界的主人公倒也不算稀罕。

在山里迷路久了,我也进了异世界吗……爷爷的恐惧再度升级。

无论房子本身有多诡异,只要它是真实存在的,就有办法逃出去。可房子要是彻头彻尾的幻象呢?如果这地方是进来容易出去难呢……

爷爷打着寒战,以最快的速度抽出了几本书架上的书。他心想,要是书页上印着自己看不懂的文字,那就意味着这不是一栋现实中的房子……

出乎意料的是,书里收录的貌似是童话。放眼望去,书架上都是各国的民间故事和传说。被读得最多的好像是《佩罗童话》和《格林童话》,磨损相当严重。

住在这房子里的究竟是什么人啊?

对这户人家的好奇与恐惧错综交织,汇成一股难以名状的情绪将爷爷笼罩。就在这时,他忽然意识到了一个至关重要的问题。

人呢?

他走遍了从前门门厅到二楼书房的每一个房间,却愣是没见着一个人。如果这栋房子真有人住,那也早该撞见了。因为屋子里根本就没有能藏人的地方……

从后门逃走了?

这是唯一说得通的解释。可外面漆黑一片,还下着大雨,对方能跑去哪儿呢?再说了,对方为什么要逃?爷爷并没有硬闯,他进屋前是规规矩矩敲了门的,还打了招呼。

不过人家会防备我也很正常。

爷爷转念一想,隐居在深山老林里的人肯定不会欢迎他这样的不速之客……他差点就被自己说服了,却又突然察觉到了一个重要的事实。

后门是上了锁的……

住在这里的人没有从后门出去。刚才看到的钩锁就是铁证。

那这人到底上哪儿去了……

爷爷在外面看到了厨房窗口的亮光,在前门听到屋里嘎吱作响,起居室的壁炉余温尚存……这都是"屋里绝对有人"的间接证据。不,爷爷大概没想到"间接证据"这一层,但他也生出了同样的怀疑。

想到这儿,他便怕得一塌糊涂,慌忙逃出了二楼的书房。

他跑过短小的走廊,开门穿过二楼的楼梯口,连滚带爬地下了又窄又陡的楼梯,然后小跑着穿过大厅,来到中庭。再次呼吸到户外的空气后,他总算是稍微平静了一些。

他就这么回过了神,达成了初始目标,捧着木柴回到了起居室，然后一心用随身携带的报纸在壁炉里生火。

木柴生的火格外奇妙，怎么看都看不腻，看多久都行。无论你有多紧张，看着看着都能平静下来。火堆绝对有这样的奇效。

那天的爷爷却是个例外。他紧挨着壁炉，脸都烤得发烫了，人却还是焦虑得不行。烤着烤着，他又对身后生出了恐惧，于是转身背对着壁炉。可如此一来，注意力就都集中在了壁炉的明亮火光和油灯的光亮无法触及的地方，让他心神不宁。明明不想看，目光却不受控制地投向起居室的阴暗角落。

久而久之，爷爷竟生出了一股匪夷所思的冲动——想背对壁炉退到火堆里去。由此可见，他当时的心理状态已经相当危险了。

他大概也意识到了这一点，决定先把晚饭吃了。"去食品库顺点吃食"的想法一闪而过，但他立马摇头打消了这个念头，掏出背包里的食物随便对付了一顿。

不过吃东西好像还是管用的，爷爷就这么缓过劲了。他总说"人在饥寒交迫的时候最容易出事"，当年的经历搞不好就是依据。

爷爷往壁炉里添足了木柴，裹着军毯躺在炉子跟前，脚对着起居室的门。在山里，吃了晚饭的下一步便是睡觉，身处稀奇古怪的房子也一样。爷爷大概是觉得，正因为自己待在一栋来路不明的房子里，才更应该赶紧歇下。

大概是因为身体疲惫不堪，精神却仍紧绷着的缘故，他就算躺下了也睡不着。躺着躺着，他便觉得热了。想必是因为离壁炉太近。于是他挪远了一点点。但他因为怕点着人家的房子，熄灭了油灯，燃烧的木柴成了起居室里唯一的光源，所以他想尽可能待在壁炉附近。可太热也难受啊。左半边沐浴着壁炉的火光，右半边则被黑暗笼罩，身体仿佛被撕成了两半，愈发难以入眠了。

露宿野外的时候会听到各种声响。夜行性小动物窸窸窣窣，夜风沙沙作响……但不至于睡不着。一会儿就习惯了，不会放在心上。

起居室里却是静悄悄的，没有一丝声响。可能是因为这栋房子用的木材都很结实吧。但寂静得可怕的环境搞不好更容易让人紧张。爷爷被房中的死寂吓坏了，木柴偶尔发出的噼啪声虽然吓得他直哆嗦，却也能带来几分宽慰。

但随着时间的流逝，爷爷还是打起了瞌睡，想必是累坏了。困意悄然袭来。

嘎吱……

就在这时，不知从何处传来了微弱的嘎吱声。

什么声音……

爷爷纹丝不动，竖起耳朵。

嘎吱……

他听出声响来自起居室的深处。

门厅尽头的短走廊上，还有一扇连通起居室的门。兴许是

第三章　开膛狐鬼与缩水蟆家

那扇门开了。

嘎……

略大一些的动静传来后,起居室重归寂静。

爷爷仍是一动不动,凝神倾听。睁着眼睛也没用,什么都看不见。除了壁炉周边,别处都是漆黑一片。

要真是里头那扇门开了,搞不好会有什么东西溜进来,悄悄接近壁炉……爷爷自然而然想象出了那样的画面,吓得六神无主。

一有风吹草动,就立马跳起来冲去门厅,逃到外面去。爷爷下定了决心,然而为时已晚。

不知何时,爷爷的枕边多了个什么。

爷爷当然是看不见它的,却足以凭气场感觉到,它已俯身凑近,正在偷偷看他。

救救我……!

爷爷一反常态,祈求神佛保佑自己。他本想求山神显灵,但此时此刻窥视他的东西搞不好就跟山神有关。想到这一层,他就不敢在心里求山神了。

天知道他祈祷了多少次。

头边的骇人气场似乎消失了。爷爷战战兢兢地将眼睛睁开一条缝,可什么都看不清。于是他假装翻身,把脸转向右边。这一转,他顿时就悔得肠子都青了。因为那东西还在。

只见起居室正中间戳着一根细长的柱子,几乎顶到了天花板。

爷爷起初还以为那是支撑起居室的顶梁柱,然而片刻后,他便意识到,这间屋子里根本就没有顶梁柱……他顿时起了一身鸡皮疙瘩。他明明躺在壁炉边上,却有阵阵寒气逼来,全身颤抖不止。

由于起居室里过于昏暗,爷爷看不清那个柱子似的东西有没有五官和四肢。但他凝神细看了片刻,发现那东西摇来晃去,肯定是个活物。不,搞不好是妖怪。

他感到意识逐渐模糊,然后又突然清醒了过来。说不定他是真的晕了一小会儿。

他再次微微抬起眼皮,看向起居室深处。奈何光线昏暗,还是什么都看不清。他又竖起耳朵听了一会儿,觉得屋里没东西了,这才点了油灯。

走到起居室深处一看,门是好好关着的,但这并不能证明门一直都没开过。爷爷把耳朵贴在门上,可什么都听不到。他缓缓拉开门,果然听见了"嘎吱嘎吱"的响声。刚才怕不是真有什么东西走这扇门进了起居室。

不对,等等……爷爷歪头琢磨起来。

那么高的东西进得了这扇门吗?这栋房子对它来说也太小了吧?唯一与它的身高相符的,就只有那个装着奇怪楼梯的房间了。那边的一楼和二楼是打通了的,让柱子妖怪待着正合适。

想到这儿,恐惧死灰复燃。因为爷爷意识到,绞尽脑汁琢

第三章　开膛狐鬼与缩水蟆家

磨这么一个稀奇古怪、来路不明的东西是完全没有意义的。

起居室的两扇门都是朝里开的，于是他用沙发堵住门口，再次躺下，可还是翻来覆去睡不着。照理说门都堵死了，起居室应该比刚才安全多了，他却不敢有丝毫松懈。

只要它想，有的是法子进来……

这个念头在脑海中打转。用沙发堵门能有什么用。爷爷也很清楚，这不过是个心理安慰。

爷爷几乎一夜无眠。时间的流逝慢得可怕，仿佛天永远都不会亮了一般。爷爷备受折磨，干熬了一整晚。

当起居室的窗口微微发亮，隐隐有鸟鸣传来时，爷爷意识到天总算是亮了。本该好好吃一顿早餐再走，可这房子他是一刻都不想多待了，所以他出发得很匆忙。

谁知刚出前门，他便一筹莫展。因为他不知道该怎么去山脚下。虽说天才刚亮，有的是时间，可他实在不想再像昨晚那样迷路了。尽快走出这座山比什么都要紧。

爷爷沉思片刻后，忽然想起一件事——昨天晚上，他在这栋房子的后门外看到了一条疑似人踩出来的小道。沿着那条路走，兴许能到山脚下。

他急忙绕过房子的侧面，往后门赶去。走到半路，他忽有所感，抬头一看，发现二楼的窗口竟有一张漆黑的脸。那东西正贴在窗玻璃上，目不转睛地俯视着爷爷。

爷爷吓得在心里惨叫一声，撒腿就跑。他沿着那条小路走啊走，中途又迷了路，好不容易才赶在中午前到了山脚下，总算是松了口气。

三

从大学登山社的学长那里听到这个故事时，我着实吃了一惊。因为我大伯也有过一段非常相似的经历。不，几乎是一模一样。不过也有几处细微的不同。大伯的故事也透着莫名其妙的诡异，听着都让人毛骨悚然。

我不清楚那件事发生的确切年份，不过当时大伯还在念书，所以肯定比学长爷爷的惊魂一夜要晚——大概晚了七八年或十年左右吧。我父亲比大伯小很多，所以大伯的年纪也许更接近学长爷爷的年纪。

当时大伯爬的也是留目地区的媚眼岳。但他不是第一次上那座山，之前已经去过好几回了。而且他是想当天往返，而不是用好几天穿越，路线也安排得明明白白。

但大伯还是稍微有点担心的。因为他选择的下山路线是一条当时已经被弃用的老山路。这条路是一位"驴友"告诉他的，他一直都想找个机会走走看。

真是怕什么来什么，朦胧的担忧竟然成了真——从山顶往下走的时候，大伯迷路了。他想当天往返，原计划在三点左右下

第三章　开膛狐鬼与缩水蟆家

山,所以迷路的时候太阳还很高,还有足够的时间找路。但经验告诉他,在山里最忌讳麻痹大意。

于是他没有继续往下走,想折回高处,借地势查看周围的环境。就在这时,他看见了一个不该出现在视野中的东西,简直不敢相信自己的眼睛。

他看到了一栋房子。

深山老林里怎么会有房子?无论从哪个角度看,那都是不符合常识的景象。

总不会是传说里的孤家[1]吧。

大伯的第一反应是诧异,但他随即联想到了那位"驴友"提起过的怪谈。

留目地区的深山里有间神秘的宅子,人称"蟆家"。要是稀里糊涂在那儿过了夜,魂魄就会被妖怪吸走……"蟆家"还有"蟆屋""蟆人居"之类的称法,总之不是什么普通的民宅。

但眼前的房子神似山中驿站,就是外形有那么点奇怪罢了。位置确实诡异,可怎么看都不像是妖怪住的地方。

只不过……

大伯总觉得哪里有问题,越看越觉得不对劲……他左看右看,还是没看出个所以然来,别扭的感觉却在不断膨胀。

---

[1] 字面意思为"孤零零的房子",可特指"石枕传说"的舞台。相传武藏国浅茅原有一老妇人住在一栋孤零零的房子里,不时将过路旅客骗回家留宿,用石头做的枕头将人砸死。后来老妇人受观音点化,幡然悔悟。

大伯心生焦躁，同时也感到了恐惧。也许后者比前者更为强烈。

那房子瘆得慌。

所以我不该靠近。

大伯也知道他应该立刻移开视线，寻找原定的下山路，可就是下不了决心。

在完全迷失方向的状态下发现了一栋房子，就这么视而不见真的好吗？就算它再瘆人，好歹也该上门问个路吧？至少应该走到边上，看看有没有人住，然后再做打算。

大伯犹豫再三，还是决定先走过去瞧瞧，觉得苗头不对就立刻逃跑。于是他便走向了那栋神秘的房子。

不过话说回来，为什么要叫"蟆"呢？

蛙类会让人联想到水边，绝不是深山老林。莫非房子边上有河流或池塘，栖息着大量的蛙类？大伯在脑海中勾勒出这样一幅画面。可是刚才在高处观察的时候，好像并没有看到水。

绝不是蛙类……

那房子不是还有"蟆人居"这个称法吗？

想及此处，大伯对房子的畏忌又升了一级。要是单单一个"蟆"字，倒还有解释的空间，"蟆人"则不然。更何况那还是"蟆人居"啊。

那栋房子里住着长相神似癞蛤蟆的人。

这便是"蟆人居"的字面意思。正因为长相怪异，才会隐

第三章　开膛狐鬼与缩水蟆家

居在深山之中——这个解释倒也站得住脚。

然而在现实世界中，这种事是不可能发生的。世间确实有所谓"长相怪异"的人，可谁的样貌会诡异到被称作"蟆人"的地步呢？

大伯在无路可走、灌木丛生的山坡上艰难滑行，边走边想。

那为什么要用"蟆人"这个词呢？莫非"蟆"还有别的含义？

蟾蜍、癞蛤蟆、无数的疙瘩、白色的毒液、两栖动物……

就在大伯联想到这些词语的时候，视野豁然开朗。他已经来到了房子的附近。一看到实物，他便明确认识到了房子的反常之处。

太小了……

乍看好似山中驿站。可定睛一看，那竟是一栋洋房。站在侧面望过去，前门在右手边。靠左的三分之一有两层，其余的三分之二只有一层。可无论如何，整栋房子都太小了。

大概只有寻常房子的一半……

比普通民宅小了一半。深山老林里怎会有这么一栋稀奇古怪的房子？而且大伯观察细节后，发现房子各处都透着年久失修的感觉。虽然还没到"废墟"的地步，但种种迹象都表明，它将在不远的未来化作废墟。

大伯绕着房子转了一圈。窗口拉着窗帘，看不到里面的情况。可就算没拉窗帘，他也不一定会往里看……

因为绕着小房子转圈时，他就已经被某种难以形容的怪异感笼罩了。

有什么东西正目不转睛地盯着这边……

视线也许来自房子里面，也许来自房子本身……

在察觉到这点的瞬间，大伯的后颈汗毛竖起。紧接着，一股寒意沿脊梁骨直冲而下，仿佛有人往他领口浇了盆冷水。

大伯急忙逃跑。他都顾不上有没有路了，埋头往前冲，只想尽可能远离那栋房子。这么做是相当危险的，不过这足以体现出他当时有多害怕。

从结果看，这个鲁莽的决定救了大伯的命。跑了没多久，他就找到了原定的下山路，总算是平平安安下了山。

听到这里，你应该就能明白我为什么会在听说学长爷爷的经历时大吃一惊了。因为那栋诡异的房子居然在七八年或者十来年的时间里缩小了。如果不止他们两个见过那栋奇怪的房子，目击到的时间又和他们差了几年，说不定房子又会呈现出不同的尺寸了。

也许那房子刚建成的时候还很普通，但随着时间的推移一点点缩小了。

我当然也觉得这个猜想荒唐得很。谁会在那种深山老林里盖房子？盖了干什么？住在里面的究竟是什么人？这些都还是未解之谜，所以做出那样的解释也毫无意义。

不，我甚至觉得，不解开"房子为何缩小、如何缩小"这两个谜，别的问题有了解答也是白搭。

希望这个离奇的故事没有让你失望。

四

瞳星爱站在"怪异民俗学研究室"的门口看向室内，在心里嘀咕了一句无关紧要的废话。

这扇门总是开着的呢。

她想借此糊弄自己，免得注意力转向另一个"总是"。

可惜于事无补。因为她还是察觉到了似曾相识的动静。

研究室里有人……

无论是上次还是上上次，笼罩她的都是完全相同的感觉，所以她进门前才打了招呼。可是进去一看，研究室里并没有人。

今天也一样……？

话虽如此，不打招呼就进去还是很不礼貌的，实在不像话。

可是打了招呼也没人应。

一路走到研究室深处，也见不着一个人。

她生怕自己第三次陷入这种可怕的局面。怎么办才好？

顺便一提，无明大学正值暑假，所以图书馆不是天天都开。但去图书馆大楼的地下层可以走后门，因此她无须纠结日期，顺顺利利来到了怪民研门口。

可是……

就在她回顾前两次来访，戳在门口进退两难时——

"言耶在吗？"

冷不丁从斜后方传来的声音吓得她差点跳起来。

"啊！呃……？"

她下意识回头望去，却没能立刻想起对方的名字。这貌似极大地伤害了人家的自尊心。

"保曾井副教授。"

对方阴阳怪气地自报家门，狠狠强调了"副教授"而非姓氏。这倒是激活了小爱的记忆。

"我记得您，保曾井老师。"

"你真记得？"

对方投来写满猜疑的目光。小爱在心里回答"不记得"，嘴上说的却是"当然啦"。

本想靠谎言糊弄过去，换来的却是死皮赖脸的反问。

"那你怎么都不来我的研究室啊？"

小爱追悔莫及。看来对付这种人，就得直截了当地说"我早就忘得一干二净了"。

"我上次也说了，你这样的——"

见保曾井要重提旧事，小爱连忙打断道：

"老师不在。"

她都没进屋瞧上一眼，却说得斩钉截铁。

第三章　开膛狐鬼与缩水蟆家

不过她前些天收到的信足以证明，外出采访民俗的刀城言耶并没有要回来的打算——瞳星爱暗想，应该八九不离十吧。

"呵，老师啊。"

小爱想起保曾井上回也用了这种嘲讽的口吻，于是又在心里损了他一通。

啊，对对对，刀城老师只是个小小的特聘讲师，您可是高高在上的副教授呢。

但她这回可能没控制好表情，把心思写在了脸上。只见保曾井用堪比爬行动物的眼神死死瞪着她。

"这地方真的闹鬼吗？"

为了掩饰心里的慌张，小爱随口问道。出乎意料的是，这句话竟对保曾井起了作用。

"你……你说什么呢……"

他明显对这个话题有所抵触。话说上次跟研究室里的小爱搭话时，他也是站在走廊上，从门口探出头，但没有踏进研究室一步。莫非他信了"闹鬼"的传闻，不敢进这间研究室？

"保曾井老师，不瞒您说……"小爱刻意压低音量，指着怪民研说道，"我每次进研究室前都觉得里头有人，可真的走进去一看，却是一个人都没有……每次都是这样。您能不能陪我一起——"

"呃呃呃呃……那个，我……我想起来一桩要紧事。"

话音刚落，保曾井便溜得没影了。

好极了，下回就用这个法子清场。

小爱带着得意的微笑走进怪民研，却和书架后面突然探出来的脑袋对上了眼。

"噫噫噫！"

惨叫脱口而出。

"哇啊啊！"

与之呼应的叫声几乎同时响彻研究室。

"你……你——你在干吗啊？"

从书架后面走出来的，正是替刀城言耶照看这间研究室的天弓马人。

"那个老师实在是难缠……"

"我可没义务接待保曾井老师，这明明就是你的任务嘛。哎，你刚才喊什么呀？"

"还不是被你吓着了……"

"我还没怪你呢，你倒怪起我了。"

小爱忽然想到，他们只见过三次（还是该说已经见了三次？），可每次的对话好像都是这么开的头。

打情骂俏。

这个字眼忽然浮现在脑海中，惹得小爱险些脸颊发烫。可当事人天弓已然不见了踪影，看来是早就走回了研究室深处的办公桌。

"把客人撂在一边，成何体统啊……"

第三章　开膛狐鬼与缩水蟆家

　　小爱揣着一肚子的气走向深处的长桌，他却一本正经地问道：

　　"你算客人？"

　　"我既不是刀城老师的助手，又不是你的学妹。"

　　"也是。那你来这儿干什么？"

　　"你！……"

　　这话噎得小爱瞠目结舌。不过片刻后，她便连珠炮似的说道：

　　"你这人怎么说话呢！还不是因为刀城老师亲自托我过来讲述儿时的经历，还托我去联系法性大学的杏莉和平同学，安排他过来讲述上初中时遇到的怪事，让你听完以后记录下来，我一个不相干的外人才跑了一趟又一趟，尽心尽力协助老师搜集怪谈——"

　　噼里啪啦说了一通，可天弓马人压根儿就没听进去。小爱顿时火冒三丈。可这个时候发火，就跟一拳头砸在海绵上似的，一点用也没有。正因为能预见到这一点，她才突然低声细语起来。

　　"话说我从朋友的朋友那儿听来了一件事。那位朋友的姐姐是一家大医院的护士。一天值夜班的时候——"

　　"喂……喂，怎么突然说起这个了……"

　　他急忙打断，小爱却不理不睬。

　　"她一个人待在护士站，不小心碰掉了圆珠笔，于是弯腰去捡——当时她刚好在柜台跟前。她拿起笔，正要站起来，却听到了窸窸窣窣的声响，好像有人来护士站了，可她弯下腰之前，走廊上明明还是空荡荡的，一个人影都没有。而且她能感觉到，头顶上方的动静绝对不是一两个人发出来的。"

天弓把脸完全扭向一边，用尽全力屏蔽她。但他并没有捂住耳朵，想必是每个字都听得清清楚楚。

"直觉告诉她，直接站起来是万万不行的……于是她就弯着腰往侧面挪了几步，挪到了柜台的尽头再悄咪咪直起身，稍微探出头去瞄了一眼——"

小爱一边重演护士的动作，一边说道。

"只见好多好多病人排在柜台跟前。深更半夜的，哪来的病人啊。所以她又悄悄低下头，窝着一动不动，直到巡房的前辈回来。"

说到这里，小爱悄然凑近纹丝不动的天弓。

"前辈回来以后，她讲述了刚才的经历——"

"呃——这次刀城老师又托你干什么了？"

天弓大声说道，试图打断小爱的讲述。

"你别急嘛，这个故事最可怕的地方还在后头呢。"

奈何小爱毫不气馁，还想接着往下说。天弓终于举了白旗。

"行了行了，对不起，你确实帮了老师的大忙。"

可这话的措辞很是微妙，听着甚至有些刺耳。不过考虑到天弓马人的性格，能妥协到这个地步已属不易，所以小爱决定宽宏大量地接受他的道歉。

"知道就好。"

"然后呢？"

见他翻脸比翻书还快，小爱又憋了一肚子的火。

"刀城老师寄了一封厚厚的信给我。"

"为什么老师要寄给你？"

"那我不知道，你去问老师呗。"

小爱没好气地顶了一句。不过她也清楚自己脸上写着几分得意，和说话的口气形成了鲜明的对比。

天弓似乎也看出来了，一脸的不爽。他是个情绪不太外露的人，只有被迫听怪谈时才会表现出些许恐惧。即便如此，身为"刀城言耶助手"的自负总还是有的。

见天弓默默伸出了手，小爱便掏出那封信，莞尔笑道：

"刀城老师搜集到的故事就在里头。但老师在信里吩咐了，让我不光要把信交给你，还得当场念给你听。"

"嗯？莫名其妙。"

天弓听得一头雾水。小爱回了一个得意的微笑，如此回答：

"我可是很忙的，但还是照老师的指示办吧。"

瞳星爱向天弓马人讲述完自己的经历后，他是如何反应的，又给出了怎样的推理——小爱将事情的经过告诉了外婆，外婆则转述给了兜离之浦海部旅馆的老板娘，老板娘又汇报给了刀城言耶，而且连细节都没落下。

小爱通过刀城言耶的感谢信了解到了这一事实。言耶之所以托小爱联系法性大学的杏莉和平，请他在天弓面前讲述自己的经历，原因恐怕就在于此。如此一来，天弓也许会再度施展他的推理能力——这便是言耶打的如意算盘。

老师不知道他胆小吗？

小爱对此颇感疑惑。不过无论如何，都不影响刀城言耶搜集带有怪谈色彩的故事往回寄……所以她也懒得深究了。

奈何下一步着实难办——因为天弓坚决不让她念，硬说"回头我自己看"。可是来都来了，她很想亲眼看看他的反应。说实话，事后对刀城言耶的汇报也让她倍感期待。

"我倒是无所谓的，可你真的不要我念吗？"

她故弄玄虚道。

"什么意思？"

"你的职责就是帮忙整理老师搜集的故事嘛，所以迟早都得看的……"小爱不停地摆弄信封，"这封信的内容肯定会带点怪谈的色彩。一想到你到时候得一个人在这间鸦雀无声的地下研究室里看这种东西……"

"还是麻烦你念一下吧。"

见原本坐在深处书桌前的天弓麻利地挪到了长桌配套的椅子上，小爱也乐滋滋地坐到他跟前，念起了随信寄来的手稿。

刀城言耶寄来了三个故事。

第一个故事讲述了一系列儿童离奇死亡事件，念得小爱直反胃。凶手究竟为什么要割开死者的肚子？始终成谜的动机着实令人毛骨悚然。但出乎意料的是，天弓竟对这个故事生出了兴趣。十有八九是因为第一名死者的遇害现场算是某种意义上的密室，激发了他的探知欲。

第二个故事的舞台是一栋小得诡异的房子，民间传说倒是常有类似的设定。天弓的畏惧显而易见，所以小爱念得格外起劲。明眼人一看便知，她是想通过绘声绘色的讲述吓唬天弓，可天弓怕是没有余力觉察到她的心思。

第三个故事的内容让人一时间难以置信，总结成一句话就是"在第二个故事里出现的房子又小了一圈"。听到这里，天弓似乎稍微振作了一些。

他只怕第二个啊……

就在小爱无情地叹息时，天弓突然站起身，在摆满书架的研究室里走来走去，时而拿起架子上的摆设，时而抽出好几本书随意翻看。

过了一会儿，他拿着两本书回到桌前。一本《佩罗童话》，一本《格林童话》。

"刀城老师应该是发现了故事之间的联系，一下子解开了所有的谜团。"

"啊？"

照理说，天弓指的应该是小爱刚念完的三个故事。说第二个和第三个有某种联系，她倒还能理解，可她实在不觉得后两个故事能跟第一个有什么关联。再说了，儿童离奇死亡事件和房子缩小的异象甚至不是在一个地方发生的。而且"房子缩水"这般离奇的现象怎么可能有合情合理的解释呢？

巨大的困惑像是写在了她脸上。

"解开这些谜团，需要极其强大的想象力——不，在这种情况下，用'妄想力'这个词也许还更贴切一些。而刀城老师当然是拥有这种能力的。而且老师还能在其中加入强大的推理能力。"

言及此处，天弓听第二个故事时流露的惊恐烟消云散，灿烂的笑容取而代之。

"所幸我貌似也具备这种妄想力。"

五

"可遇害的儿童和缩小的房子都不是一个地方的呀。认为这三个故事之间有某种联系，未免也太牵强了吧？"

瞳星爱自以为抛出了最重磅的疑问，天弓马人却满不在乎地说道：

"老师把这三个故事一并寄了回来。由此可见，它们很有可能是老师在邻近的地区接连搜集到的。"

"话是这么说……"小爱险些被他说服，随即反驳道，

第三章　开膛狐鬼与缩水蟆家

"可也不能无凭无据就……"

"儿童离奇死亡事件发生在一个叫'芽刺'的地方。缩小的房子则是在一个叫'留目'的地方被人目击到的。于是我便想，说不定芽刺的'芽'字原本是'目'字[1]——"

说完，他还得意扬扬地指了指自己的眼珠。

"呃，就算是牵强附会也太过了吧……"小爱回了一个看骗子的眼神，"退一万步讲，就算原来真是'目'字，就凭这一点认定两个地方离得很近也太武断了。"

"你不是文学院日本文学专业的吗？"

"是啊，没错……"

这个问题来得突兀，把小爱问蒙了。更令她惊讶的是，天弓竟然知道她的专业。不知为何，这让她生出了莫名的喜悦。怎么会有这种感觉？小爱一时间有些难以置信，心乱如麻，愈发不知所措。

"那又怎么样——"

天弓却全然没有理会小爱的反应。

"听到芽刺地区的'秋波山'和留目地区的'媚眼岳'，你就没联想到什么吗？"

"啊？"

见小爱迟迟不接话，他又问：

---

[1] 日语中，"芽"与"目"都可读作"me"。——编者注

"把秋波山和媚眼岳对调一下呢？"

"媚眼岳和秋波山……啊，你是说'媚眼秋波'[1]？"

"你总知道这个词是什么意思吧？"

"美女清澈明亮的目光——咦，这词也跟眼睛有关……"

"也就是说，秋波山和媚眼岳搞不好是紧挨着的。当然，这纯属我个人的想象。也许从这两个地方仰望山岳时，能看到形似眼睛的雪形。所谓'雪形'，就是山坡和岩石上的残雪在远眺者的眼里呈现出某种形状的现象。"

"好比白马岳的马[2]……"

"对对对。山名和地名也许就是这么来的。芽刺和留目好像都是旧时的地名，但要查也不难——"

小爱急忙摇头。

"刀城老师肯定是单凭搜集到的故事解开了那些谜团。"

"所以我也不能查阅别的资料？"不等小爱回答，天弓便挂上理所当然的表情说道，"我本就是这么打算的，不过你要是还不服气的话——"

"没有没有，你接着说吧。"

小爱不假思索道。可她不由得担心起来——天弓马人真有本事做出刀城言耶那样的推理吗？

他确实完美破解了瞳星爱和杏莉和平的离奇经历。但与那

---

1 日语中，这是一个四字熟语。——编者注
2 白马岳山坡上的残雪形似马匹，"白马"二字便是由此而来。

两起事件相比,这次的故事着实荒诞无稽到了极点,真有可能给出合乎逻辑的解释吗?

就在小爱陷入极度焦虑时——

"刀城老师解决过许多'房子就是异象本身'的事件。好比一会儿变成平房,一会儿变成双层小楼的'兽家',又好比在同一地点时隐时现的'迷家'。"

天弓仿佛是看透了她的忧虑,举了几个具体的事例。

嗯,可那都是刀城言耶老师破解的啊。

这便是小爱的第一反应。关键的问题在于:天弓马人经得起这种考验吗?

"那就从是能三都治的案子说起吧——"

天弓全然不顾小爱的担忧,直接切入解谜环节。

"凶手必须满足一个条件,那就是'可以出入堪比密室的铁笼'。从这一点出发,嫌疑最大的莫过于死者的妹妹。她好像很害怕被死者报复,并且她的身材肯定也比哥哥矮小。"

"啊?这也太离谱了……"

小爱瞠目结舌。

"嗯,如果妹妹是凶手,后面几起案子就解释不通了。而且我也不觉得她有必要剖开哥哥的肚子。"

天弓轻易收回推理的态度惹恼了小爱。

"那就请别瞎说。"

"我是在模仿刀城老师——想到了一种解释,就毫不犹豫地提出来，"天弓却满不在乎，"关键在于凶手必须符合的身体特征。"

"你不会是想说……连环杀人案的凶手是在马戏团表演的那种身材矮小的成年人吧？"

"换句话说，我们可以得出这样一个妄想——也许儿童离奇死亡事件的凶手，就住在那栋会缩小的房子里。"

"啊？"

小爱纳闷地反问，天弓却用天经地义的口吻说道：

"能住在小房子里的肯定是小个子啊。"

"话……话是这么说……"

"人们为什么将那栋深山老林里的房子称作'蟆家'？"

"为什么？"

"这个字也能读作'hiki'[1]，这你总是知道的吧？"

"嗯，就是癞蛤蟆里的那个字。"

"个子特别矮的人在古时被称作'侏儒'，也叫'矬子'或'低人'。"

他一边解释，一边在桌面的便签纸上写字。

"'低人'一词只有'hikito'这个读音流传了下来。久而久之，这个词讹化成了'蟆人'。'蟆'字就这么固定了

---

[1] 日语原文的汉字为"蟇"。下文中"癞蛤蟆"原文为"蟇蛙"，读作"hikigaeru"；"蟆人"原文为"蟇人"，读作"hikito"，与"低人"读音相同。——编者注

下来，形成了'蟆人'这个说法。于是人们便将那栋房子称为'蟆家'，意为'蟆人的居所'。"

"'人们'是指？"

"是能家所在的村子的部分村民。不过他们对这栋房子的了解也仅限于传说……因为房子并不在秋波山上，而是建在了芽刺另一头的媚眼岳。"

"等等……房子到底是谁建的啊？不对，应该先问住在蟆家里头的到底是什么人啊？"

小爱已是晕头转向。天弓又来了一段名词解释。

"秋波山上住着狐鬼——不知从何时起，这样的流言在村中不胫而走。但我和当年那位警官一样，从没听说过什么叫'狐鬼'的妖怪。这就意味着'狐'字也许并不是狐狸的意思，而是由别的字演化而来的。老师寄来的信里不就有和'狐'字相似的汉字吗？"

见小爱急忙翻看来信，却还是毫无头绪，天弓如此说道：

"就是在是能家发达之前，村里最有权势的瓜子家啊。"

"啊……'瓜'跟'子'合在一起，就成了孤独的'孤'字。"

"'孤'字演变成了反犬旁的'狐'字。也可能是一开始就故意用了'狐'字，因为人们觉得这个字更贴切。"

"因为偏见……"

"而且那时瓜子家还有一定的财力，于是就在远离村子的媚眼岳为那个人专门建了一栋房子,让他隐居在深山老林里,避开村民好奇的目光。"

"可讲述者在那栋房子过夜的时候里里外外查了个遍,连储物间都找过了,却没见着一个人,那又是怎么……"

"他看似打开了每一扇门,查看了每一个房间,但还是漏了一扇门。"

"在哪儿?"

"中庭堆放木柴的地方。因为木柴堆得很高,下半部分又被一扇左右对开的门挡着,他便认定门后肯定也都是木柴。据我猜测,那里也许有个能藏人的地方,类似于紧急避难所。往里一躲,就不会被外人看到了。"

"那讲述者半夜里在起居室看到的那个高高的、形似柱子的东西是……"

"蟆家的居民——暂且称其为'蟆仙人'吧。性别也不得而知,就先用单人旁的'他'好了[1]。他长年为个子矮而自卑,所以才会以那样的打扮现身。他应该是戴了某种帽子,具体是用什么材料做的就不清楚了。这个帽子平时应该也是放在避难所里的,专门用来吓跑入侵者。"

沉默片刻后,小爱说道:

"就算你推理的都是对的,房子也不会缩小啊?"

---

[1] 这句话出现在本章节比较靠后的部分,为叙述通顺调整到此处。

第三章　开膛狐鬼与缩水蟆家

"当然不会。"

"那……"

"大概是每隔几年就拆了重新建吧。"

"啊？"

"房子是西式的，但看着像山中驿站。也就是说，它采用了拆解和组装都很容易的结构。"

"不不不，我问的不是这个……"

"你是想问重建的理由？"

她一点头，天弓便给出了一个出乎意料的动机。

"为了让蟆仙人切身体会到'自己在长大'。"

"……"

"所以要定期把房子拆了重建，建得更小一点。"

"……"

"天知道蟆仙人有没有被完全蒙骗，但只要他还住在不断缩小的房子里，也许就能一直沉浸在那种幻想中了。"

"一次次重建房子的是蟆仙人的父母吗？"

"我们手头没有任何关于瓜子家的资料。不过把这种行为视作父母对子女的爱应该是没问题的——虽然这种爱本身相当扭曲。"

小爱迅速扫视刀城言耶的来信。

"缩小到普通民宅一半大的房子几乎成了废墟，这是不是跟瓜子家的没落有关啊……"

"当然，肯定是连食物的供应都出了问题。于是蟆仙人便去了他家所在的村子。他在半路上发现了铁笼子，看到笼子里关着个孩子。于是他也钻进笼子，用生锈的手术刀剖开了孩子的肚子。瓜子家是行医世家，家里有手术刀也不稀奇。"

"慢着慢着！"小爱连忙插嘴，"你的推理也太跳跃了。"

"是吗？"

"蟆仙人为什么要突然剖开孩子的肚子啊？"

"缩小的房子里不是有个非常诡异的房间吗？"

"墙上有奇奇怪怪的楼梯的那个？"

"知道那房间是干什么的吗？"

小爱摇了摇头。天弓如此回答：

"是阶梯教室。"

"大学上课用的那种……？"

"那栋房子的阶梯教室可能是模仿解剖学教室设计的。"

"哦，我在外国电影里见过。"

"阶梯教室当然只是用来玩的，但讲述者闻到了不寻常的气味，可见蟆仙人很可能在那里解剖过小动物。墙上一扇窗都没有，是为了防止偷窥。因为这些原因，蟆仙人在剖开孩子肚子的时候，才没有丝毫犹豫。"

"可……可他为什么会突然对一个困在笼子里的孩子做出那种事啊……这也太莫名其妙了。"

天弓用双手分别拿起桌上的《佩罗童话》和《格林童话》。

第三章　开膛狐鬼与缩水蟆家

"这两本书有重合的篇目。"

话题切换得着实突兀,搞得小爱一头雾水,但天弓提起这个必然有其用意,于是她便回答道:

"我记得是《灰姑娘》吧……"

"嗯,还有《小红帽》。"

"关键在于这两本书的差异?"

不料小爱的预判大错特错。

"不,是共同点。"

"难道是……剖开大灰狼肚子的那一幕?"

"哟,脑子转得挺快嘛。"

天弓倒像是诚心赞叹,可鉴于他们刚刚还在谈论儿童离奇死亡的事件,小爱不好意思表现得太得意。

"你的意思是,蟆仙人爱看这两本童话,平时又经常解剖小动物,所以才会剖开孩子的肚子?"

然而此话一出,天弓对她的评价便是一落千丈。

"你行不行啊,都分析到这个份儿上了,还没反应过来吗?"

"我哪想得明白啊。"

见小爱气得鼓起了腮帮子,天弓叹了口气,再次抛出令人瞠目结舌的动机。

"当然是为了吃孩子腹中残留的食物啊。"

"……"

"蟆仙人是为了找吃的才出了门。在他看来，困在铁笼子里的孩子无异于猎物。他有解剖小动物的经验，知道孩子的胃里可能留有尚未消化的食物。说来也巧，第一名被害者是能三都治刚吃过午饭。于是他就'尝'到了甜头，袭击了第二个孩子，把人弄进了笼子里。而且这一回他特意找了个刚吃过早饭的孩子。但第三次动手的时候，他选错了人。前两个孩子都是富家少爷，第三个却不是，所以胃中食物的分量和质量都远不及前两个。第四个孩子之所以平安无事，也是因为蟆仙人袭击他以后才反应过来'这也是个穷孩子'。"

"……"

"也许蟆仙人根本就没有'杀人'这个概念。剖开孩子们的肚子，也只是在模仿童话而已。我怀疑他都没有接受过正规的教育。从这个角度看，他或许也是被害者之一。"

天弓马人的推理太过离奇，惊得小爱一时语塞。

"嗯？那么这回……"做出推理的人却毫不关心她的反应，埋头沉思许久后说道，"瘆人的谜团好像都解决干净了？"

虽然语气半信半疑，但他说完以后，还是看向了小爱的脸庞。

"前提是——你的推理没错。"

"没关系，正确与否并不重要。关键在于能否给出合理的解释。"

"按这个标准的话……尽管故事本身非常离奇，但你好歹对所有的现象做出了解释——这么说应该是没问题的。"

"嗯嗯,确实是都解释清楚了嘛。"

小爱注视着满面春风的天弓马人,心里莫名地欣喜。但与此同时……

怎么越看越来气了……

这个念头逐渐萌芽。于是她冷不丁讲起了另一个怪谈。

"话说我朋友的妈妈小时候听过这么一个故事——"

"什……什么故事啊?"

天弓当然是千推万阻,小爱却不依不饶地讲了下去。

第四章

封鎖座敷婆

目貼りされる座敷婆

第四章　封锁座敷婆

一

仓边真世之所以报考明和大学,是因为这所学校的日本文学系有一位名叫狮子头东湖的教授。他专攻中世[1]文学,但对妖怪很是痴迷,在某些小圈子里颇有名气。事实胜于雄辩,他出版了大量和妖怪有关的书籍(比文学方面的书还多),其中不乏儿童读物。

真世就是在小学的阅览室邂逅了狮子头的妖怪读物。她一连借了好几回,翻来覆去地看,最后干脆用省下来的零花钱买了一本。书店里还有很多狮子头写的妖怪读物,可惜得等到过年收了压岁钱才能买回家。

上初中后,真世便借助字典研读起了狮子头撰写的那些关于妖怪的学术专著。一路看到高中,跟妖怪沾边的著作几乎看了

---

[1] 一般指平安时代到战国时代。

个遍。之所以是"几乎",是因为狮子头毕竟是专攻中世文学的学者,文学方面的著作自然也会提及妖怪。

只要是狮子头东湖写的关于妖怪的文章,真世都想细细拜读。奈何她对中世文学知之甚少,有些内容着实难以理解。那些书不算"妖怪书",没必要硬着头皮看——她起初也是这么想的。

谁知在选择升学方向的时候,她忽然想起了狮子头担任教授的明和大学。她本以为自己就该上个离家近的短期大学,毕业以后进本地企业工作。这是父母为她规划好的路,她也跟几个好友有过孩子气的口头约定。再加上真世是公认的"慢性子",她也觉得这就是最适合自己的选择。

可要是能考上明和大学,跟着狮子头老师学上几年……

是不是就能学到更多关于妖怪的知识了?有狮子头老师指点,肯定能学出点名堂来。

真世就这么改了主意。父母自是强烈反对,朋友们也是目瞪口呆。前者说服起来着实费劲,后者则不然,短暂的尴尬过后便是和好如初。虽然朋友们调侃"好不容易考上了大学,却一门心思研究妖怪,这样的姑娘肯定没人追",但还是为她加油。

父母最后还是点了头,前提是"考一所短期大学兜底"。这么说八成是因为他们认定女儿"考不上"。不过在那个时候,父母这么预测也没错。

真世咨询了班主任。老师斩钉截铁道,按她目前的成绩绝

第四章　封锁座敷婆

对没戏。于是她悬梁刺股,拼了命地学习,上一回这么努力,还是上初中时边查字典边啃狮子头的妖怪书呢。

功夫不负有心人,真世如愿考上了明和大学。入学后她惊讶地发现,学校里有学生们自发组织的各种各样的社团活动。许多社团向她伸出了橄榄枝,可惜她都提不起兴趣。听完介绍以后,最让她心动的就是文学社,可她又觉得这种社团对她来说有些高雅过了头。"我喜欢妖怪,研究跟妖怪有关的文学也行吗?"——这话她可问不出口。

不知不觉中,真世离开了热闹的广场,专挑没什么人气的地方逛。独自绕到教学楼后方时,一栋怪模怪样的平房映入眼帘。只见若干小房间一字排开,每扇门上都挂着文化类社团的名牌。"电影社""摄影社""将棋[1]社"……而且每个社团的门口都有别出心裁的装饰。

都是社团活动室呀?

真世挨个看过去。说不定能找到一个感兴趣的社团呢?她自知希望渺茫,便也没多想,信步走向深处。

谁知走过一个疑似杂物间的房间后,她竟在平房的最深处看到了一块让人难以置信的名牌。

"妖怪研究会"。

简直就像是专门为她准备的。挂着名牌的地方,似乎也是

---

1 一种盛行于日本的棋类游戏,又称日本象棋。

社团的活动室。

不会是贴着玩的吧……

真世的第一反应是怀疑。因为和前面那几间活动室相比，这一间的状态反而更接近隔壁的杂物间。

搞不好就是堆放杂物的。

她怎么看怎么觉得，那块"妖怪研究会"的名牌是被硬贴在杂物间门上的，是贴着玩的。

真世虽有犹疑，但还是敲了门。想必是对妖怪的热爱驱使她抬起了手。看到一个叫这个名字的社团，她又岂能过而不入呢？

呜呜呜……

竟有神似呻吟的声响从门后隐约传来。

咦？

真世竖起耳朵一听，房里果然有动静。

呼呜呜呜呜呜……

她顿感背脊发凉，不禁打了个寒战。这肯定是个杂物间，"妖怪研究会"的牌子也是假的。她越想越觉得，这搞不好是个陷阱，专门用来忽悠不了解情况的新生……

真世蹑手蹑脚离开门口，正要原路返回。就在这时，身后突然传来开门的声响。咔嚓——

"不是那边……"

微不可闻的女声自身后追了上来。

噫！

第四章　封锁座敷婆

她本想撒腿就跑，却只在心里尖叫了一声，随即原地蹲下。

嗒，嗒，嗒。

脚步声迅速接近，停在了身后不远处。

真世能感觉到，有什么东西正注视着自己。

目不转睛……

但她完全想象不出自己将要面对的会是什么。

嗯嗯嗯呜呜呜呜……

骇人的呻吟突然传来。说时迟那时快——

唰啦……

瘆人的感觉骤然袭来，仿佛有另一个人的头发划过了她的脖颈。

"啊啊啊！"

真世放声惨叫，却没有撒腿就跑。想必是因为腿脚已经被彻底吓软了。

啪，啪。

对方又拍了拍她的肩膀。咦？真世一头雾水。对方的拍法分明透着亲昵。

她提心吊胆地转过身，抬头望去，只见身后站着一位面带微笑的漂亮姐姐，大概是本校的学姐。她右手拿着一册单行本，书上耷拉着一根书签绳。

原来刚才的"头发"是书签绳啊……

想通这一点之后，真世便察觉到，瘆人的呻吟和之后发生的一切，原来都是学姐的恶作剧。第一反应不是生气而是安心，倒是很符合她慢悠悠的性子。

"对不起啊，是我玩过火了。"

学姐今年大四，名叫西条泰加子。万万没想到，她竟是妖怪研究会的会长。

"我……我想入会！"

刚搞清对方的身份，真世便立刻申请入会。泰加子一时间瞠目结舌，但随即扑哧一笑。

"来了个好苗子呀！"

她边说边请新会员进屋，以红茶饼干款待。

"那……那我就不客气了。"

真世忐忑地道了谢，奈何视线总忍不住飘向活动室内的书架。刚进来就东张西望，未免失礼了。

"你也喜欢妖怪呀？"

泰加子却向这位学妹投去了寄予厚望的目光。

"嗯……嗯……考这所大学也是因为——"

真世讲了讲自己的情况。听完以后，泰加子再一次笑出了声。

"你真的跟我好像哦！"

"是……是吗？"

"可不是嘛。我在大一的时候创办了这么个招不到人的妖怪研究会，天天在这杂物间似的活动室里埋头苦干。"

真世大感惊讶。

第四章　封锁座敷婆

"才……才上大一就……"

"我是上了初中以后才接触到狮子头教授的妖怪书,你的资历可比我还老呢。"

"哪……哪有……"

真世连忙摇头。泰加子原本用饱含温情的目光注视着她。可是瞧着瞧着,学姐突然皱起了眉头。

"你才刚来,我也不忍心给你太大的压力……可我已经大四了,只能再干一年。所以到了明年啊,会长的重任就得由你来扛了。"

"啊?!其他社员……呃,会员呢?"

"这个嘛……不顶事的会员倒是有三个。"

泰加子前脚刚叹完气,后脚门便开了,走进来一个身材微胖的男生。

"唉,可把我饿死了……泰姐,还有那种拉面吗?"

见那男生用撒娇的语气问学姐要吃的,真世如坐针毡,颇有些不经邀请便闯进新婚夫妇爱巢的感觉。

"蚁马,你要我说几遍啊,这里可不是食堂。"

泰加子的反应却非常冷淡。许是因为她外形清冷吧,从她嘴里说出来的这番话连真世这个不相干的人都听得提心吊胆。

"别这么冷血嘛泰姐,我的胃可都是这儿的拉面撑起来的啊!"

但当事人只是嘴上卖了卖惨,压根儿没把学姐的话听进去。

只见他兴冲冲地打开和活动室格格不入的餐具柜，掏出一袋面条和一个碗，然后架起露营用的小水壶烧起了水。

这款袋装的"鸡汤拉面"是日清食品公司在两年前推出的方便食品。只需将干面饼放入碗中，注入热水泡个三分钟，热气腾腾的拉面就大功告成了，堪称划时代的大发明。只不过在那个鲷鱼烧八日元、弹子汽水十日元、豆沙面包十二日元、金蝙蝠香烟三十日元、冷热荞麦面三十到三十五日元的年代，一袋鸡汤拉面的价格竟高达三十五日元，所以刚上市的时候卖得并不好。

蚁马规规矩矩掐了表，等足了三分钟才开吃。就在这时，房门再次突然开启，走进来一个身材魁梧的男生。单看外表，他不像文化类社团的成员，反而更像运动队的。

"我说蚁马啊，你怎么又来糟蹋学姐的储备粮了。"

"也给你泡一碗？"

蚁马答得牛头不对马嘴，气得郡上拉长了脸。

"对了学姐，上次提到的那本《邪恶的喜乐》你看了没有？"

郡上话锋一转，亲切地跟泰加子搭话。

"不是说了吗，我对那种东西不感兴趣。"

学姐却仍是冷若冰霜，与刚才和蚁马说话时并无不同。

《朱丽叶，或喻邪恶的喜乐》是法国大革命时代的贵族作家萨德侯爵的代表作。现代思潮社在去年出版了涩泽龙彦翻译的日语版，后来又推出了续作。但由于其中包含大量的性描写，续作不幸沦为禁书。

第四章　封锁座敷婆

听着听着，真世便清楚地认识到，郡上并不是因为这本书成了禁书才去看的。他本就是个文艺青年，所以才会密切关注骚动的后续发展，也想跟泰加子深入探讨一下这本书。

不过话又说回来了，更适合蚁马的恐怕是"烹饪社"。至于郡上这样的，去"文学社"不是更好吗？他们怎么就进了妖怪研究会呢？

就在真世纳闷的时候，房门第三次开启。一个身材修长、长相俊朗的男生走了进来。

"哟，都在呢。"

他在打招呼的同时察觉到了真世的存在，顿时两眼放光。

"这位难不成是新会员？"

"哎！小山内，什么叫'难不成'啊！"

泰加子如此抗议。小山内做作地鞠了一躬：

"哎呀，会长，请恕我一时失言。不过有了这位接班人，你不就能安安心心退休了嘛。"

"我可是打算一直干到毕业的。"

听到这话，真世才反应过来——

其他社团几乎都是大二、大三的成员负责招新。她起初还纳闷"大四的都上哪儿去了"，后来才知道大四的都忙着找工作，抽不开身。据说在升上大四的同时退出社团的学生也不在少数。

可妖怪研究会唯一的正经会员就是西条泰加子，另外三个都不顶事。也就是说，泰加子要是走了，研究会也就不复存在了。但一个大四的学生为了这个留在社团里，未免也太本末倒置了吧？

呃，我哪当得了什么接班人啊……

见真世慌了阵脚，小山内快活地笑道：

"会长家是寺院，将来是要招个女婿当继承人的。于是她就跟父母谈条件，说她非上明和大学不可。会长之所以选择这所大学，就是为了上妖怪研究的权威——狮子头教授的课。她在入学的同时创办了这个妖怪研究会。这个杂物间改造的活动室也是狮子头教授找校方和学生自治会争取来的。教授算是研究会的顾问，但几乎放任不管，大事小事都靠会长。不过她毕业后得转去有佛教背景的大学深造，以便日后继承家业，所以不用像其他大四学生那样辛辛苦苦找工作，可以在研究会干到毕业，因此你有一整年时间接受会长的熏陶。这下是不是就能稍微放心一点了？"

真世的第一反应是惊讶。因为小山内立即察觉到了真世的疑问，给出了精准的解释，还试图打消她的顾虑。

真世与泰加子的初遇可谓"惊心动魄"。虽然她当时立即提出了入会申请，但得知研究会里还有蚁马和郡上这样的会员后，她其实是有点后悔的。好在所有的疑虑都随着小山内的登场烟消云散了。

"看这样子，今晚要办迎新联欢会啦。"

早已将拉面扫荡干净的蚁马嗅到了美味佳肴的香味，笑容

第四章　封锁座敷婆

满面地说道。

"招到了新会员，就能办我念叨好久的读书会了。"

郡上也是喜形于色，只是原因和蚁马略有不同。真世不由得纳闷：他俩真的喜欢妖怪吗？

相较之下，小山内看起来正经多了。但真世很快便意识到，他对妖怪好像也没什么想法。蚁马和郡上就更不用说了，显然也对妖怪全无兴趣。

顺便一提，蚁马和郡上都是大二学生，小山内则是大三学生。也就是说，泰加子创办妖怪研究会已有三年，却只招到了三个会员。据说之前也招到过几个新人，可惜没过多久就退会了，无论男女都留不下来。

为什么会这样？

真世刚入会的时候就对研究会生出了某种难以形容的别扭感，但她还是坚持参加活动——原因当然是泰加子这个人。泰加子不仅与她志同道合，更是值得尊敬的同校学姐，对她也格外关照。哪怕研究会有朝一日解散了，她也不想跟泰加子断了联系。

入会约莫两个月后，真世才意识到别扭感的由来。之所以花了这么久的时间，想必是因为她还未经世故。但凡她稍微早熟一点，肯定会瞧出端倪。

西条泰加子和三个男生是四角恋的关系。

在认识到这一事实的刹那，真世茅塞顿开。怎么才想明白啊……她都觉得脸颊发烫。

三个男生明明对妖怪不感兴趣，却还是入了会，泰加子这个会长显然就是决定性因素。之前入会的学生八成也是因为察觉到了这种扭曲的关系才退会的。说不定前些年入会的男生有着和三人一样的动机。但他们很快便意识到，研究会的四角恋关系中已经没有了自己介入的余地，于是都灰溜溜地走了。而新入会的女生发现三个男生眼里只有会长之后也必然会选择退会。蚁马和郡上也就罢了，小山内的异性缘应该是不错的，有女生冲着他入会也不稀奇，可惜她们的痴心绝不可能得到回报。

三个男生僵持不下，处于三足鼎立的状态。实在要划分阵营的话，可以把蚁马和郡上算作一组，小山内则是孤立无援。因为后者似乎是三人中最为突出的一个。

话说三人对泰加子的感情也是各有千秋。蚁马总是用撒娇的口吻称呼泰加子为"泰姐"，可见他渴望的是泰加子的母性。郡上称泰加子为"学姐"，其实是因为他喜欢比自己年长的。但他与蚁马的不同之处在于，他并不想要泰加子的庇护，反而他有着很强的控制欲，也很善妒。而且他对泰加子似乎不是一心一意的，还追着别的学姐。小山内不是个情绪外露的人，有点难以捉摸，不过他总是尊称泰加子为"会长"。从这个角度看，对泰加子的敬爱也许在他心里占据了更大的分量。

那泰加子这个关键人物又是怎么想的呢？

从严格意义上讲，"四角恋"这个词用得并不贴切。因为三个男生的箭头完全指向泰加子，她却好像没把任何人放在眼里，对三人几乎一视同仁。甚至可以说，她刻意和他们保持了一定的距离。

"因为他们都没法跟我聊妖怪啊……"发现真世察觉到了会员之间的扭曲关系后，泰加子立刻面露难色，"我倒也没想隐瞒，只是特意解释这种事很奇怪吧。我也知道还是让他们都退会为好，可是……一想到有希望把妖怪研究会升级成'研究社'，我就下不了决心了。"

据说如果成员不到五人，"会"就不能正式升级成"社"，所以泰加子总也下不了决心轰走那三个不顶事的会员。说白了就是想留着他们凑人头。

"小山内还问过我呢——说你来了以后研究会就有五个人了，为什么还不提交升级申请呢。"

"为什么呀？"

真世便也问了一嘴。泰加子露出落寞与愁苦交织的神情：

"现在申请确实是能过的，可我毕业以后，那三个铁定是要走的，到时候可就只剩你一个了，'妖怪研究社'也会变回'妖怪研究会'。我可不忍心让你受这份委屈。"

真世也想拍着胸脯打包票"我保证在会长毕业之前招四个新人进来！"，可她比谁都清楚，自己内向认生，没有这个本事。如今回想起来，她都不敢相信自己竟能鼓起勇气敲开挂着"妖怪研究会"名牌的房门。

星期二算是研究会的固定活动日，不过工作日傍晚总能在活动室见着泰加子。有时她上午就来了，下午来的情况也不少。毕竟大四的课本来就少，她又不用像其他人那样把主要精力放在找工作上，所以天天都在书海中遨游。当然，她看的书大多与妖怪有关。

不过泰加子上大一的时候就开始在这间活动室里看书了。听说她在这里看完了狮子头收进学校图书馆的各类妖怪书籍，包括井上圆了[1]的《妖怪学讲义》《妖怪玄谈》《妖怪百谈》《妖怪百谈·续》《灵魂不灭论》《天狗论》《迷信解》《妖怪的真面目》《迷信与宗教》《真怪》《妖怪学》……真世不由得头晕目眩。因为她上高中的时候也看过《妖怪学讲义》，可是才啃了几十页就啃不动了。

不过，泰加子对"妖怪博士"井上圆了的评价并不高，想必是因为他并不承认妖怪的存在。

由于会长天天都泡在社团活动室里，蚁马、郡上和小山内也时常露面。虽然现在还不是真的"社"，但方便起见，大家都称之为"社团活动室"。真世是大一新生，课还是相当多的，但她一有空就会去活动室坐坐，所以平日里不善于与人交往的她很快就和泰加子亲近了起来，也跟男生们打成了一片。

因此，当泰加子决定利用暑假组织一场"妖怪体验之旅"时，她满心欢喜，全无忧虑……

---

[1] 井上圆了（1858—1919）：日本佛教哲学家、教育家，站在打破迷信的立场上研究妖怪，于19世纪末开创了"妖怪学"这门学问。

第四章　封锁座敷婆

二

"座敷婆……?"

真世的大脑将泰加子报出的妖怪名发音转换成了"座敷婆"这三个文字,于是她随口问道:

"跟座敷童子[1]很像吗?"

还真被她猜了个差不多。

"座敷童子是幼童,座敷婆则是老婆婆,不过两者都在地方乡镇的世家望族安家,时常现身于某个特定的房间,还会为家族带来兴旺。从这个角度看,确实还挺像的。"

为泰加子的讲解心潮澎湃的当然只有真世一个。

"那个老太婆妖怪出没的地方有什么特色美食吗?"

"为什么不是小孩就是老人呢,来个座敷美女不也很好嘛。"

蚁马和郡上早已离题万里。

"岩手的金田一温泉好像就有一家传说有座敷童子的旅馆。"

只有小山内给出了正经的回答,但泰加子和真世又岂会不知大名鼎鼎的"绿风庄"[2]呢?

---

[1] 传说中住在家宅或仓库中的精灵,喜欢恶作剧,见者好运傍身,因此座敷童子在则家族兴旺,去则家道败落。
[2] 位于日本岩手县二户市金田一温泉乡,相传,座敷童子就寄宿在这间旅馆。

"那边有几款变种荞麦面[1]，蚁马可以去尝试一下灯无荞麦[2]。郡上就等着被青女房[3]勾进鬼屋吧，不然就是在海边被矶女[4]袭击，在路边偶遇夜行游女[5]。至于小山内，我倒是想夸你一句'懂得真多'，但这是妖怪研究会的会员必备的基础知识，你还得多加修炼。"

泰加子干净利落地驳倒了三个男生，然后静静地注视着真世问道：

"听到'座敷婆'这个词，你会联想到什么？"

"我最先想到的是'四角婆婆'。"

"哟，不错嘛。"

泰加子顿时眉开眼笑。

"怎么又是老太婆啊。"

郡上怨气冲天，蚁马倒是全无反应。

"那也是座敷童子类的妖怪？"

照理说小山内对这种话题是不太感兴趣的，但他还是提了

---

[1] 添加了荞麦粉、黏性食材（鸡蛋、山药泥等）以外的特殊配料的荞麦面，如柚子皮荞麦面、绿茶粉荞麦面。
[2] 江户时代的"本所七大怪谈"之一，相当于江户时期的都市传说。相传本所夜里常会出现卖荞麦面的街边摊，店主从不现身，摊口摆着没有点亮的座灯。若有行人将灯点亮，则回家后必遭不幸。
[3] 满口黑齿的蓬头女妖，常出没于幽暗的旧屋。
[4] 日本九州地区传说中的女妖，上半身为美女，下半身如蛇，以呼声引诱人接近，再用头发缠住受害者，通过毛发吸血。
[5] 又称"产女"，难产而死的妇女变的妖怪，常被描绘成抱着胎儿、披头散发、满身血污的形象，于夜间现身于道路，边走边哭。

第四章　封锁座敷婆

个问题捧场。真世摇头道：

"四角婆婆算是一种降灵术吧。"

"嚯……"

连小山内都似乎对这个话题有了那么点兴趣，蚁马却还是一脸嫌弃。这大概是因为，他是男生中最胆小的一个。

"给他们三个解释一下吧。"

在泰加子的示意下，真世讲解道：

"米泽藩的藩主上杉鹰山退居二线时，藩士吉田纲富担任了膳房总管一职。这个人在晚年写了一本叫《童子百物语》的书……"

"啊呀啊呀……"

"真不愧是会长的接班人啊。"

郡上听得目瞪口呆，小山内连连赞叹，蚁马依旧沉默不语。

"仓边，直接讲四角婆婆就行啦。"

"对……对不起。"

听到泰加子的柔声提醒，真世的脸颊都发烫了。但她还是硬着头皮讲了下去，毕竟这段讲解是关于妖怪的。

"那本书里有一章讲的就是'四角婆婆'，大致情节是这样的——某天夜深人静的时候，四人来到一座寂静的寺庙，进了一个漆黑的房间，先分散到房间的四个角落，再一齐爬向房间的中央。不一会儿，他们就在中央迎头相遇了。但因为屋子里太暗，他们当然是看不到彼此的。其中一人要在这种状态下一边

207

说'一角的婆婆''二角的婆婆''三角的婆婆''四角的婆婆',一边挨个摸其他人的头。房间里明明只有四个人,可是摸着摸着,却会出现第五个头……"

"别……别……别说了!"蚁马突然怪叫一声,把其他人吓了一跳,"这种降灵术可不是闹着玩的!"

"你想到哪儿去了啊。"

泰加子气鼓鼓地说道,但她并没有真的动气。她知道蚁马对妖怪缺乏理解,也清楚他有多怕这种故事。

"啊?不是在讨论这次暑假旅行的时候要一起玩四角婆婆吗……?"

"你这人真是一点长进都没有。"

泰加子没有理睬如此嘲讽的郡上和被嘲讽的蚁马,喜滋滋地注视着真世:

"还有一种叫'膝摩'的灵异现象,跟四角婆婆还挺像的。"

可惜真世并没有听说过。

"我还是头一回听说。"

"呵,你这个妖怪少女都不知道呀。"

郡上揶揄道。泰加子冷冷地反问:

"仓边是妖怪少女,那我是什么啊?"

"妖怪姐姐。"

素来中意年长女性的学弟一本正经地回答道。泰加子则无视

第四章　封锁座敷婆

了他：

"泉镜花[1]在《一寸怪》中介绍的怪谈里就有一则是关于'膝摩'的。丑时三刻，四人来到没有壁龛的房间。房间约莫八帖[2]，黑灯瞎火，伸手不见五指。四人依次走去房间的四角，然后同时去往房间的正中央，碰到之后原地坐下。其中一人一边喊其他人的名字，一边把手放在对方的膝头。"

"抱歉，打断一下——"极少插嘴的小山内跟小学生似的举手发言，"房间里不是一片漆黑吗，喊名字的时候怎么知道对方在哪儿呢？"

"我也有过同样的疑问，"被打断的泰加子不气不恼地回答道，"不过房里再黑，好歹能记住自己左手边、右手边和正前方的角落里分别是谁吧。所以报右手边的人的名字时，把右手放在右侧的人的膝盖上应该还是不成问题的。"

"哦，原来是这样，懂了。"

小山内微微欠身致谢。泰加子继续说道：

"被点到了名字，感觉到有手放在自己膝头的人一定要开口回话。用同样的方式一轮轮重复下去，久而久之，就会出现不回话的人了……"

蚁马自不用说，连郡上和小山内都不吭声了。真世当然也

---

[1] 泉镜花（1873—1939）：日本小说家，原名泉镜太郎，作品富有神秘的浪漫主义色彩，文风古典雅致。其作品与民俗世界紧密相关，三百余篇作品中，近一半出现过妖怪或幽灵。——编者注
[2] 一帖约为1.62平方米。

不例外。

"也就是说，漆黑的房间里不知不觉中出现了第五个人。"

"还真是降灵术啊……"

小山内有感而发，蚁马则心惊胆战道：

"还……还……还是别玩了吧……"

他又想岔了。但泰加子不理不睬：

"柳田国男[1]搜集的故事《冒头》跟刚才的两个怪谈有着异曲同工之妙——"

"别……别说了！"

见蚁马抬手捂住了耳朵，泰加子不禁苦笑。

"放心吧，这是个笑话。"

说完她便分享了一个堪比单口相声的幽默故事。蚁马听完以后许是松了一口气，几乎把"放心"二字写在了脸上。

可他还是太天真了。因为泰加子都还没提到最要紧的"座敷婆"呢……真世正琢磨的时候，会长果然抿嘴一笑，娓娓道来。

"虽然我刚才让小山内'多加修炼'，但他联想到那家旅馆倒也不算错。因为座敷婆和座敷童子都能为它们栖身的人家带去好运。"

小山内的脸上忽现喜悦之色。他平时很少表露喜怒哀乐的

---

[1] 柳田国男（1875—1962）：日本民俗学开创者，作家，民俗学田野调查第一人，他将妖怪研究视为理解日本历史和民族性格的方法之一。

情绪，这样的反应还是相当稀罕的。而且泰加子不过是随口一说，从这个角度看，小山内的表现着实令人惊讶。

郡上和蚁马则是一脸的不爽，与小山内对比鲜明。因为这两位的反应非常易懂，真世有时甚至会忍不住笑出来。可不知为何，此刻的她竟有些忐忑不安。明明是一件鸡毛蒜皮的小事，怎会如此在意？

泰加子全然不知学妹生出了莫名其妙的预感，继续兴致勃勃地讲解道：

"但两者还有另一个共同点，那就是有可能招来灾祸。"

"座敷童子一走就会家道败落是吧？"

对妖怪迷来说，这都是常识中的常识。但这话竟然是从小山内嘴里说出来的，让真世不由得吃了一惊。

"今天的小山内不得了啊。"

泰加子似有同感，对他的态度也比平时温和了不少。自不用说，郡上和蚁马的脸色愈发难看了。

"对了，仓边，你知道座敷童子有几个吗？"

"不是一个吗？几个小伙伴天天一起玩，可某天玩着玩着，莫名其妙多了一个人。挨个看过去，每张面孔都很熟悉，不像是有外人加入的样子，可就是明显比平时多了一个人……第一次在书上读到这个故事的时候，我只觉得背脊发凉。"

"这确实是座敷童子出现的典型事例，但也有一户人家有两个座敷童子，两个合起来算一个的情况。"

"哦，这么说起来……我好像在哪儿读到过这么一个故事，说是有人看到两个年幼的孩子手牵手走出一户人家，直纳闷'那家有那样的孩子吗'。后来没过多久，那户人家就遭了火灾，还有食物中毒的，反正是倒了全家老小死光的大霉。"

泰加子微笑着点了点头。

"据说独自睡在座敷婆出没的房间，会在半夜里遭到来自东南西北四个方向的恶作剧，所以也有'座敷婆总共有四个'的说法，这不是跟成对出现的座敷童子很像嘛。"

不等真世回答，蚁马便面不改色心不跳地插嘴道：

"四角婆婆不就是四个吗？"

这句话足以体现出他压根儿没把别人说的听进去，噎得泰加子一时语塞。

"四个人是玩'四角婆婆'的人数，现身的婆婆只有一个啊。"

"咦……是吗？"

蚁马被指出了错误，却还是一副满不在乎的样子，看得泰加子直叹气。

"一种妖怪存在多个个体的情况不太多见吗？"

小山内提了这么一个问题。真世回答道：

"'手长足长[1]'算一个吧，但这个名字其实可以拆分成'手

---

[1] 日本民间传说中的巨人，两人一组，一个手长，一个脚长。

长'和'足长',分别对应两个巨人。名称完全相同,却有许多个体的情况就……啊!"真世灵光一闪,忙向泰加子请教,"目目连[1]算吗?"

泰加子只得回以苦笑。

"目目连确实有很多眼珠,可我觉得应该把它们看作一个整体吧。"

"也是哦……"真世有些难为情,但很快便振作了起来,"座敷婆的恶作剧都有哪些啊?"

"据说最常见的是'转枕'。如果恶作剧是来自四面八方的,枕头的朝向就会东西南北轮着变,一夜之间转上一整圈。"

"听起来还挺有意思的……"

真世如是说。蚁马的反应却截然相反,早已是一脸畏惧。

"真碰上这种事该有多吓人啊!"

泰加子说道:

"放心吧,我肯定不会让你睡那间屋子的。千载难逢的机会,哪能白白浪费在你身上。"

"会长,你打算睡在座敷婆出没的屋子里啊?"

小山内不过是随口求证,泰加子却点了点头,一副理所当然的样子。他见状,脸色顿时一沉。

"小山内,你不是不信妖魔鬼怪的吗?"

---

[1] 日本民间传说中在下雨天出现的一种妖怪,以无数眼睛的形态现身于民宅的窗户、地板和天花板上。

许是学弟的表情过于出乎意料，泰加子第一时间反问道。

"我是不信的，只是无风不起浪……可怕的传说或者负面传闻肯定都有实际存在的理由，犯不着上赶着跑去那种地方吧。话说座敷婆招来的灾祸都有哪些呢？"

"据说搞恶作剧的婆婆越少，带来的幸运也就越少。婆婆一个都不出现的情况当然也是有的，这样就交不到什么好运了……不过不出现也有不出现的好，说不定还得反过来谢婆婆开恩呢。"

"因为一个都不出现……比只出现一个更好？"

小山内插嘴问道。泰加子面无表情道：

"相传座敷婆要是只出现了一个，还勒住了睡在房里的人的脖子，这个人离死期就不远了……"

听到这话，蚁马就不用说了，连郡上和小山内都是满脸惊愕。说实话，真世也颇感震惊。

"因遭遇某种妖怪面临生命危险"的例子确实是有的，但如此直接的威胁着实罕见。真世对此心知肚明，所以格外忧心泰加子的安危。

奈何此次"妖怪体验之旅"是泰加子拍板定下的。她毕竟是妖怪研究会的创始人，又是现任会长，而且这是她毕业前的最后一年了，学弟学妹们都拉不下脸来提出异议。就算他们四个联手反对，泰加子肯定也会一个人去的。

讨论好具体的行程安排后，小山内在散会前给泰加子打了

第四章　封锁座敷婆

预防针：

"就算我们到时候管得多，你也千万别嫌烦啊。"

他肯定是这么想的——与其让泰加子自己去，还不如大家陪着她一起去。真世也很理解他的良苦用心。

本想七月下旬去的，谁知目的地"大数见庄"回复他们说，泰加子想住的房间已经被人订了。

"还真有口味那么奇特的人啊。"

泰加子没把自己算进奇特的人。没想到好事之徒不止他们一家要住那间房。于是他们就只能赶在盂兰盆节前夕去。虽然会员们都有回老家过节的计划，但大家还是尽力协调、挤出了时间。

于是在八月中旬，妖怪研究会一行人便朝着婆喰地地区的老夜温泉进发了。订旅馆、查路线等大事小事都是泰加子一手操办的。蚁马和郡上本就指望不上，所以小山内和真世主动提议帮忙，泰加子却说"一个人做更省事"。

中午吃的铁路盒饭很是美味，奈何一路上要换乘好几次，好不容易抵达目的地"老夜站"时，真世已是疲惫不堪。更要命的是，他们还得从偏远的车站走二十多分钟才能到旅馆。

"泰姐——还没到吗？"

头一个叫苦的便是蚁马。只怪他在车上吃了太多的零食，喝了太多果汁。

"那几个姑娘都没下车啊。"

215

郡上在车上勾搭了好几队姑娘,可惜她们都没下车,让他很是不爽。

泰加子却懒得搭理他们,一门心思看地图。这样的会长本该让人分外安心,莫名的不安却涌上了真世的心头。

泰加子学姐不会是个路痴吧……

真世在过去的四个月里萌生过这样的疑问。虽然没有明确的证据,但她跟泰加子一起出过几次门,早就有怀疑。

就在心中的焦虑膨胀到极点时——

"啊,找到了!"

泰加子欢呼起来。

只见不远处有一扇自带木瓦屋顶的院门,名牌上分明印着"大数见"这三个字。门后便是历史悠久的老宅。可算是到了……所有人都松了口气。

但真世万万没想到,泰加子竟异常激动,提议在院门口合影留念。而且她让学弟学妹依次站她边上,拍出来的照片别提有多亲密了。

顺便一提,相机是小山内的。会长和男生们的合照是真世拍的,真世和泰加子的合照则是小山内掌镜。

就在众人为天降之喜欢欣雀跃时——

"你们几个是大学生吧?"

一个中等身材、一脸穷酸相、各方面都普普通通的男人突然上前搭话。他好像是从老宅里走出来的,在门口规规矩矩等他们拍完照才开了口。

"对,我们是明和大学的。"

"哦哦,你们就是那个妖怪研究会吧?你就是负责订房间的那位会长?"

"您是那天接电话的大数见勇二先生吗?"

对方点了点头,指着小山内手里的相机问道:

"要不要我帮你们拍张大合照?"

泰加子道了声谢。小山内把相机交给勇二。"院门屋檐下"这个拍摄地点倒是很快就商量好了,"怎么站队"却成了大问题。会长边上的位置归谁?谁都不肯退让。

"你年纪最小?"

就在这时,勇二突然指着真世问道。

"嗯……嗯,我大一。"

"那你跟会长两个女生蹲在前面,三个男生站后面呗。年纪最大的在中间。一样大就猜拳吧。"

他干净利落地解决了站位的问题,搞定了大合照,直叫真世刮目相看。

我真是有眼不识泰山,还嫌人家一脸穷酸相呢……

谁知听到勇二的下一句话后,这个念头就土崩瓦解了。

"你们几个还真是口味奇特啊。"

"因为我们订了那个房间吗?"

泰加子大概也没想到旅馆的人会说出这种话来,于是乖乖问道。

"不，因为你们在我家门口拍了纪念照。"

"什么？"

"其他客人都是在旅馆——大数见庄跟前拍的。"

"啊……？"

泰加子还真是个路痴。

三

旅馆和大数见的家宅居然是背靠背的。可要是走公路来往，就得绕一个大圈子。两个院子的地址都不一样，可见两扇正门开在完全不同的地方。

也就是说，泰加子完全迷路了。迷着路都能找到大数见家，或许能从侧面体现出她这人的运气有多好。

"不过，在我家门口拍照也许才是更明智的选择……"

勇二带一行人穿过自家的院子去往隔壁的大数见庄，说出这么一句别有深意的话来。

"此话怎讲？"

泰加子早已走出迷路的阴霾，投去略显担忧的目光。

"到时候你就知道了。"

勇二撂下这句话，似在憋笑。

第四章　封锁座敷婆

片刻后，一行人便看到了今晚要入住的旅馆。泰加子和真世不禁嘀咕起来：

"啊？"

"这就是……大数见庄？"

"不是说座敷婆跟座敷童子差不多吗……？"

小山内似乎也生出了疑问。

"怎么跟我想象的不太一样啊……"

"嗯，差远了。"

连蚁马和郡上都难掩失望。

因为大数见庄是一栋木结构平房，乍看好似简陋的联排房屋，看着就很廉价。大数见的家宅虽然也是木屋，却是古色古香，庄重典雅。

"你们也这么想啊……"勇二用发牢骚的口吻说道，"别看这房子破破烂烂，其实旅馆的生意还挺好的。所以我一直劝哥哥勇一，得建一栋更气派的主楼，大力推销这里的温泉，吸引更多的游客，没这点商业头脑，迟早会被时代淘汰的，可他就是听不进去啊。"

"您说的主楼不会是……"

泰加子诚惶诚恐地指着那栋怎么看怎么像联排房屋的建筑问道。

"没错，就是这栋楼。"

勇二笑着点了点头。

"你们就不觉得,座敷婆要真有那么大的本事,旅馆的房子也不至于寒酸成这样吗?"

许是这话脱口而出以后他才想起来真世他们是客人,于是连忙辩解道:

"呃……对了,旅馆最近刚换了榻榻米,我盯着大伙儿把里里外外都打扫了一遍,所以每个房间都是干净的,你们来得正是时候呢。"

可惜为时已晚。至少三个男生都向勇二投去了怀疑的目光。

泰加子却像是终于想起了此行真正的目的,如此回复勇二:

"反正我们要住的是座敷婆出没的房间,旅馆的外观和内部怎么样都无所谓。"

不过仔细想想,这么说好像相当失礼。

"那就没问题了。"

但勇二似乎并不介意,反而兴冲冲地带一行人进了主楼。

他的哥哥勇一坐镇大数见庄的前台。勇一的身材比弟弟魁梧些,面有福相,仿佛独占了座敷婆带来的好运。但他沉默寡言,待人也不太和蔼,与外表相距甚远。而且他口音很重,听着费劲。把这一切归纳成乡下人特有的木讷朴实,兴许能给客人留个好印象。可客人要是觉得"这个人不适合从事服务业",那可就太吃亏了……明明事不关己,真世却暗自为他捏了把汗。

"你们的房间在最里头。"

勇二走在前头带路。他给众人留下的第一印象很是糟糕,

第四章　封锁座敷婆

却是个不折不扣的热心肠，和哥哥形成了鲜明的对比。

沿神似排屋的主楼走廊走到底，便是一扇门。门后是连接配楼的游廊。配楼是一栋精致的木结构双层小楼，单看与普通民宅无异。

"这栋楼就是原先的大数见的家宅。"

勇二这么一解释，泰加子便立刻发问：

"您家最开始就这么一栋小房子，多亏了座敷婆才开了大数见庄，做起了旅馆生意，后来新建了更大的宅子——是这么回事吗？"

"去世多年的祖父母，还有我父母和哥哥都信这套。"

"您呢？"

"座敷婆要真能庇佑我们家，旅馆哪会是那副鬼样子啊。"

勇二回头看着主楼，面露苦笑。

"哎呀，不好意思。你们就是冲着座敷婆来的，哪能说这些扫兴话呢。"

他挠着头打开配楼的大门，招呼一行人入内。

"座敷婆在最深处的里间。旁边那间也留给你们用吧——为方便起见，我们管它叫'外间'——毕竟有三男两女呢。"

沿左手边是庭院的走廊，走到尽头，右边就是传说有座敷婆出没的里间。里间背靠北面的庭院，打开格子推拉门便可入内，面积约莫八帖。东侧有壁龛和壁橱，南侧有一扇大窗，窗外便是檐廊。西侧也有一道隔扇，打开以后能看到相邻的外间，面

221

积同样是八帖。

"哇，有股榻榻米的香味。"

真世最先感受到的并非弥漫在昏暗的里间的诡异氛围，而是新榻榻米的灯芯草香。

"话是这么说，可你就不觉得这屋子阴森森的吗？"

"有种灯开得再亮都驱散不了的幽暗。"

蚁马和郡上似乎捕捉到了更多的阴寒。

"不是挺好的嘛。"

泰加子自是喜上眉梢，把没什么看头的里间仔仔细细检查了一遍。

"会长，你是想一个人睡在这儿吗？"

小山内探了探口风。

"我才不会'睡'呢。我本来是想坐在房间的正中央念诵《般若心经》的……可这样说不定会把座敷婆吓跑，可能还是会冥想吧。"

泰加子答得一本正经，然后换上一副要发表重大决策的表情。

"话说今晚的安排——我想一个人在里间过夜，大家应该没有异议吧。"

"只要不是让我孤零零睡在里头，我就没意见。"

胆小的蚁马率先作答。

"你要让我作陪，我当然乐意之至。"

第四章　封锁座敷婆

郡上的回答也是尽显本色。但泰加子理所当然地将他们的发言当成了耳旁风。

"就算我们反对，会长也听不进去吧？"

"嗯，无条件驳回。"

面对小山内的再次求证，泰加子不假思索地回答，随即又抛出了一个匪夷所思的提议。

"不过我想请你们帮个忙。"

"什么忙？"

"希望你们在我闭关的时候，把守好里间的三个出入口。"

在场的所有人都听明白了——泰加子指的是房间北侧面朝走廊的格子推拉门、西侧通往外间的隔扇和南侧连通檐廊的窗口。话虽如此，却只有小山内在第一时间意识到了这个请求背后的理由。

"如此一来，要是真发生了某种灵异现象，就可以证明不存在任何的外力干涉了——是吗？"

"小山内的脑子转得就是快啊。为了不留一丝破绽，我打算一进里间就用封条把格子门、隔扇和窗户都封死。"

"这也太夸张了吧……"

小山内自不用论，连蚁马和郡上都是一脸困惑。真世却心无杂念，只觉得很有意思。泰加子许是看透了她的心思，朝她莞尔一笑。

"还得考虑通风的问题……"小山内望向里间的三处出入

口,"现在是夏天,不过这边的夜晚还算是凉爽。可要是把房间完全封死,待久了不会觉得闷吗?"

"要是真能见到座敷婆,吃这点小苦也算不了什么。"

泰加子满不在乎。

"再说了,贴封条可能会在格子门和隔扇的边框留下痕迹。"

谁知小山内刚指出这个问题,泰加子便犯了愁。

"封条要怎么贴啊?"

蚁马问道。

"我带了一些裁剪成长方形的纸条过来,本想用胶水贴在门窗的接缝处,这样就能证明从我进去到出来,没有其他人进出过……"

泰加子一边解释,一边偷瞄勇二。她大概也觉得,这么贴封条可能会惹旅馆的人不高兴。

"哦,这倒是无所谓的。"

谁知勇二竟毫不犹豫地同意了,震惊了在场的所有人。

"可……可万一留下了胶水印……"

小山内忧心忡忡,勇二却苦笑着说道:

"你们也都瞧见了,榻榻米确实是新换的,可门和隔扇都破得够呛。以后要是有机会,应该也会换成新的,所以稍微留点胶水印也没关系。"

"太感谢了!"

第四章　封锁座敷婆

泰加子连忙鞠躬道谢，火速推进各项安排。

"那就讨论一下谁把守哪里吧。"

"通风的问题要怎么解决？"

见小山内不肯退让，泰加子叹着气回答道：

"推拉门、隔扇和窗户都稍微开一条缝，把封条骑着缝贴，这样就不影响空气流通了吧？"

"确实……"

小山内无奈妥协。这时泰加子似是突然想起了什么，看向蚁马和郡上说道：

"但谁也不准透过那些缝隙偷窥！"

"泰姐，你把我们想成什么人了！"

"学姐今晚打算穿什么衣服睡啊？"

蚁马倒是严正抗议了，郡上却没有否认偷窥的可能，听得真世目瞪口呆。

"啊！嗯？等等！"蚁马突然慌了，"三个人把守三个出入口……那岂不是意味着无论我负责哪里，都得一个人待着吗？"

"嗯，是啊。"

泰加子一脸理所当然的表情，蚁马的抵触却是显而易见。不过他很快便反应了过来：

"哦！对了，不是多出来仓边了嘛，就让她跟我一起吧。"

眼看着蚁马要自说自话拍板了，真世顿时惊慌失措。如果非要跟某个男生共度一晚，那她宁可选择小山内，蚁马和郡上

225

免谈。

"嗯……至于仓边……"

或许泰加子也犹豫过要不要让真世进里间。但房里多了一个人,也许就见不到座敷婆了。

"对不起啊。"

突然向真世道歉,也许就是内心纠葛所致。

"呃,我……"

就在真世打算明确表示"想跟小山内一起守夜"时——

"要不你去二楼睡觉吧?"

勇二给出了一个出乎意料的提议。

"睡在里间的楼上,多少能感觉到下面的情况,跟守夜也没区别了。"

"我们可以用二楼的房间吗?"

"别告诉我哥就行。"

听到勇二如此回答,真世不由得担心起来。万一出点什么事,岂不是会被卷进一场阋墙之争?越想就越是提心吊胆。

向来慎重的泰加子却眉开眼笑。

"那仓边就去里间的楼上吧。蚁马胆子小,就去相邻的外间好了,也不难为你守走廊和檐廊了。郡上守走廊,小山内守檐廊,怎么样?"

"条件一个比一个差啊。"

小山内所言不假。与里间相邻的外间好歹是铺着榻榻米的。

第四章 封锁座敷婆

走廊虽然只有木地板，但总归是"室内"。檐廊则完完全全属于"室外"——三个守夜地点的条件显然存在很大的差异。不过他并不是在抱怨，反而像是在由衷赞叹泰加子的安排。

吃过晚饭，泡完澡以后，大家都小睡了一会儿。穿浴衣熬夜多有不便，所以泰加子没有换衣服，令郡上颇感遗憾。大家各自铺好被褥，女生睡里间，男生睡外间。小睡的目的自然是为后续的守夜储备体力，真世却是辗转难眠。可能她心里也很激动，只是自己无知无觉罢了。

据说座敷婆最容易在半夜两点到三点之间出现，所以大家在午夜零点不到的时候起了床，只留泰加子在里间贴上封条。谁知"门窗要留多宽的缝"又引发了一场争执。泰加子只想留一厘米，小山内却不肯退让，说什么都要留够五厘米。

"留那么大的缝，我一个人守在里间还有什么意义啊？"

"室内还是只有会长一个人啊，并没有什么问题。靠走廊的格子门和通往外间的推拉门开得太大，说不定还会有那么点影响。可就算窗户是敞开着的——所幸还有一层纱窗——不也无伤大雅吗？"

"因为窗外一律算'室外'？"

小山内坚定地点了点头。泰加子注视着他，继续说道：

"你的意思是，里间和走廊或者里间和外间都属于'室内'，所以开门有可能模糊两个空间的界限。而且走廊和外间还有第三者守着，就算我独自待在里间，说不定也不会被视作'独

227

处'，所以座敷婆也许不会现身。但窗户本就是室内和室外的分界线，不存在这方面的问题，是吧？"

"会长果然才思敏捷。"

见小山内一脸的心满意足，泰加子无可奈何道：

"你这人明明不信妖魔鬼怪，却一下子摸清了座敷婆现身的条件，真厉害啊。"

他们完全形成了一个只属于两人的小世界，其他三人则被排除在外。真世倒是乐见于此，蚁马和郡上却不是。只可惜他们的头脑没那么灵光，无法插足两人的对话。

他俩还挺般配的……

真世差点就要多管闲事了，谁知两位当事人又因为缝隙的宽度争执了起来，甜蜜的氛围荡然无存，让她不禁面露苦笑。

"给，免费送你们的。"

就在这时，勇二端着咖啡及时现身。热咖啡本来是要收费的，但他考虑到熬夜的学生们可能会需要，就瞒着勇一端了些过来。

会员们自是感激。泰加子和小山内一边喝咖啡，一边争执缝隙的宽度。勇二听了一会儿，便替他们拍了板。

"那就留三厘米嘛。"

于是问题就这么解决了。

泰加子进入里间后，在小山内的见证下关闭了靠近走廊的格子推拉门和通往外间的隔扇，只在中央留下了三厘米的缝隙，

第四章　封锁座敷婆

然后用胶水逐一贴上封条。但封条只贴了上、中、下三处，反而将缝隙衬托得更加显眼了。或许这就是小山内没有再提出异议的原因。

但推拉门与隔扇都有四片门板，这样只能封住中间的两片，左右两端的还能动。于是泰加子便用同样的方法在门板和柱子之间贴了封条。

由于窗户无法从中间打开，泰加子便在（立足室内时的）左侧留了一道缝，然后在窗框和柱子之间贴了封条。不同于两扇门的是，左侧的缝隙之外还有一道关闭的纱窗。窗户的右侧虽然保持关紧的状态，但也同样在柱子与窗框之间被贴了封条。

里间准备就绪后，小山内等人各就各位，都背对着泰加子所在的里间坐下。

真世在勇二的带领下来到了里间的楼上。见他想铺被褥，真世连忙婉拒。学长们都在守夜，她怎么好意思睡大觉呢。

"也是。对了，我就歇在这栋配楼的门房，有什么事尽管叫我就是了。"

听到勇二的热心提议，真世才意识到，万一今晚的尝试有什么差池，这个人也会有连带责任，心头顿时一跳。

勇二走后，房里莫名阴冷了许多。二楼的布局与一楼的里间不同，壁龛和壁橱都在北侧。最不同的是，壁龛中竟搁着一个漆黑的陈年保险柜。厚重的柜门上有密码锁和钥匙孔，外加硕大的把手。

这保险柜还有人用吗……

真世坐在房间中央的坐垫上，心不在焉地打量着保险柜。没办法，毕竟屋里也没有别的东西了。

不应该这样吧！

真世暗暗指责自己，却又不知该怎么办才好，一筹莫展。

要不把耳朵贴在榻榻米上听听看？

要窥探楼下的情况，这似乎是唯一的办法。真世立刻尝试了一下，却没捕捉到任何动静，也没听到一丝声响。

学姐在冥想呢，没动静也正常。

但只要继续听着，万一楼下真出了事，也能立刻察觉到的。于是真世继续把一只耳朵贴在榻榻米上。谁知听着听着，她竟又困了。

都怪刚才小睡的时候没睡着……

真世一边想着，一边告诫自己千万不能睡，可还是不知不觉坠入了梦乡。

不知过了多久，只觉得有人不住地摇晃她的身体，叫她的名字。她迷迷糊糊地睁开眼睛。当认出是蚁马时，她还来不及吃惊，便觉得哪里有说不出的不对劲。

怎么……？

不等她反应到底为什么别扭，蚁马便报出了一条惊天动地的消息。

"泰……泰……泰姐被座敷婆勒了脖子……"

四

真世急忙下楼，只见泰加子正躺在外间，但地上没铺被褥，只放了一个坐垫代替枕头。小山内和郡上分别坐在"枕头"的左右两边，一脸关切地看着她。

"怎么了？已经结束了？"

勇二在这时跑了过来。因为楼梯就在配楼门口，紧挨着门房，他大概是被众人上下楼的脚步声吵醒了。

"会长说……她好像被什么人勒住了脖子。"

小山内迟疑着回答。勇二听得一脸茫然。

"您看这儿。"

小山内指向泰加子的颈部。勇二才瞧了一眼便脸色大变——因为脖子上的红印清晰可辨。真世也看到了，都吓出了一后背的鸡皮疙瘩。

"不……不……不得了了！"

话音刚落，勇二就一溜烟冲了出去。

究竟是怎么回事？

真世本想问个清楚，奈何屋里实在不是可以提问的气氛。光是看着小山内悲怆的神色，她的心情都无比沉痛。

片刻后，勇二带着医生和派出所的片警回来了。顺便一提，当时是凌晨三点十分，想必这两位是被他硬叫起来的。

医生检查了一下泰加子的颈部，在有红印的地方上了药，缠了绷带。待治疗结束后，片警询问了事情的来龙去脉，小山内代表众人作答，大略如下：

贴好各处的封条后，小山内等人各就各位。当时大约是午夜十二点半。紧接着，真世便去了二楼的房间。

小山内在檐廊坐了没多久便觉得百无聊赖。没有蚊子算是不幸中的万幸，但他只需要守住窗边便没别的事情做了。想看书打发时间也没有光源。想查看里间的情况，也被窗口拉住的窗帘挡着。

但他闲得不行了，便从窗户的一端细细检查到另一端，其间，他在窗框没贴封条那一侧找到了一条窗帘的细缝。

会长要是知道了，肯定会臭骂我一通。

话虽如此，他还是偷瞄了一眼。泰加子似乎正端坐在里间正中央的坐垫上，但是看不分明。她背对着外间，所以面前就只有壁龛和壁橱，此刻十有八九正在闭目养神。里间的灯都灭了，连小夜灯都没开。但小山内的眼睛早已习惯了黑暗，所以能勉强辨认出泰加子的轮廓。顺带一提，蚁马守着的外间也熄了灯。蚁马本人对此大加反对，但泰加子坚决不肯松口。走廊当然也不例外。

小山内第二次偷看是在凌晨一点半不到，第三次则是凌晨两点左右。这时泰加子的头似乎是向前耷拉着的。当时他也在和困意做斗争，所以觉得泰加子打瞌睡也不足为奇。

第四次是两点四十五分左右。然而这一回，他没有看到跪

第四章　封锁座敷婆

坐着的泰加子。会长终于还是被睡魔打败了啊……可这个念头刚浮现在脑海中，他便发现了泰加子的姿势的不对劲。由于四周漆黑一片，他实在是看不清楚，但总感觉泰加子是先起了身，然后横着瘫倒在地。

再说了，会长怎么会……

好不容易来到了座敷婆出没的房间，会长怎么可能睡得这么沉？想及此处，他不由得一阵心慌。

即便如此，他还是没有爬窗入室。因为他突然怕了，怕自己糟蹋了泰加子的一片苦心。

小山内离开檐廊，绕过配楼东侧，敲了敲朝北的玻璃门。门后的走廊是郡上守着，可他早已打起了盹。小山内敲了好几回，他才抬起头，打开玻璃门的锁，睡眼惺忪地问道：

"怎么了？"

小山内没有回答，而是先打开了走廊上的灯，然后仔细查看格子推拉门上的封条。

"你也来检查一下。"

小山内让郡上也查一遍，接着做了个"随我来"的手势，从走廊拐进外间，开了屋里的灯。

果不其然，蚁马正在通往里间的隔扇前睡觉。天花板上的电灯都亮了，他却没有要醒来的迹象。

"这家伙，真不靠谱……"

郡上将自己排除，痛骂道。小山内催他一起检查封条。就在此时，蚁马突然惊醒，顿时全身一僵。

"你……你……你们别吓我啊……"

"你找一个既能看到这个房间的隔扇，又能看到走廊上的推拉门的地方，好好盯着，直到我们回来，听明白了吗？"

蚁马一脸茫然，但还是点了点头。小山内带着郡上折回南边的檐廊，让学弟检查窗口的封条。

"学姐是睡着了吗……？"

直到此刻，郡上才察觉到了异样。许是因为他在小山内的督促下，透过窗帘的缝隙仔仔细细查看了里间的情况。

"回去找蚁马。"

小山内没有回答，只是催郡上赶紧走。

"一切正常？"

小山内先问了问站在外间和走廊交界处的蚁马，然后让学弟们集中到隔扇跟前。

"会长好像是睡着了，但我总觉得不太对劲，所以想撕开隔扇的封条进去看一下。"

眼看着蚁马和郡上就要吵起来了，小山内狠狠瞪了他们一眼，两人几乎同时闭上了嘴。

"上面那张我来撕，中间的郡上撕，下面的蚁马撕。切记，撕的时候别碰用胶水固定的地方，尽量撕中间。"

他边说边用右手灵巧地撕开了最上面的封条，给学弟们做示范。

第四章 封锁座敷婆

郡上学着他的样子撕开了中间的封条,但蚁马撕的口子歪歪扭扭。要是泰加子在场,肯定会哭笑不得地说:"你也太笨手笨脚了吧!"

打开隔扇后,小山内迅速扫视整个房间。但除了泰加子,室内并无他人。他凑近以不自然的姿势横倒在地的泰加子,轻轻把手放在她的肩头,喊了声"会长"。见泰加子全无反应,他稍微用力晃了晃,可她还是不省人事。

小山内没有搭理在后方吵闹的两个学弟,用双臂抱起泰加子,把人挪去了外间,将坐垫用作枕头让她躺下。直到此时,他才注意到泰加子颈部的那道红印,顿时毛骨悚然。

"你们看这儿!"

两个学弟许是小山内指了以后才看见的。"噫!"蚁马倒吸一口凉气。"嗯……"郡上也闷哼了一声。

就在这时,泰加子悄然睁开了双眼。

"会长,感觉怎么样?有哪里不舒服吗?到底出了什么事?"

小山内柔声问道。泰加子愣了好一会儿,然后突然一脸惊恐地说道:

"我坐着坐着……好像不小心睡着了……然后就被……被人勒住了脖子……"

"是从身后勒的吗?"

"是……是吗?不……不……肯定是的……不是粗的带子……就是细绳子……绳子在脖子后面交叉,紧紧勒住了我……

我……我还有种自己被猛地往上拽……的感觉……"

"歹徒就站在你正后方?"

泰加子大概是喉咙不太舒服,虚弱地点了点头。

"好,先别说话了。"

小山内急忙制止,又吩咐蚁马上楼去叫真世。

听完小山内的叙述,警察和医生一起检查了里屋。然而,格子推拉门和窗口的封条完好无损,房中也并无异常。别说座敷婆了,这里就没有别人在过的迹象。

因此小山内等人不得不反复回答关于封条的问题。可他们也只能翻来覆去地解释,三张封条起初都没有缺损,是后来才被他们一人一张撕开的。

泰加子的暂时昏厥正是颈部被勒住所致。

医生做出了诊断,说她需要静养一段时间,于是警察也暂停了询问。真世等人也趁机休息了一会儿。

每个人都睡得跟烂泥似的,睁眼的时候已是上午十点多了。所幸泰加子的喉咙有所好转,大家便一起去主楼吃了迟来的早饭。谁知在吃饭的时候,他们被勇一用难懂的方言臭骂了一顿,中心思想是"我可没同意你们玩那种试胆游戏"。

想必是勇二在真世他们起床之前向哥哥汇报了"事件"的来龙去脉。毕竟勇一才是大数见庄的老板,这件事又惊动了医生和警察,要瞒他谈何容易。

场面一度剑拔弩张,勇一颇有些要立刻轰走学生们的架势,

第四章　封锁座敷婆

幸好有勇二出面劝解。可勇二在这件事里也并非全然无辜，勇一的怒火瞬间转向了弟弟。多亏医生和片警及时赶到，这才没有闹大。

医生又给泰加子检查了一下，说她已经好多了。真世长吁一口气。但不知为何，片警把她单独叫走了，她顿时感到了不安。片警带她去了配楼的门房。泰加子和男生们则在同一时间回到了里间和外间。

"不好意思啊，有些事情想单独问问你。"

得知片警想问的是泰加子和男生们之间的关系时，真世不由得在心里惊呼了一声。

五个城里来的大学生入住旅馆。担任会长的女生被人勒了脖子。三个男生都在案发现场里间之外的不远处。另一个女生在二楼，可以排除。而且她是大一新生，在研究会中的人际关系也不及学长学姐们那般亲密，而那三个男生显然对会长有意。虽然封条之谜尚未解开，但综合各方面的情况，作案的必然是三个男生之一。

真世一下子就读懂了片警的思路。不，或许应该说她是陷入了这种错觉。

也正因为如此，她不知道该如何回答才好。万一说错了话，小山内他们可就成疑犯了。所以她故意答得模棱两可，奈何片警经验老到，技高一筹。不知不觉中，她就在对方的引导下如实交代了那稀奇古怪的研究会四角恋。

"可……可是……学长们都没进过里间啊。"

说漏嘴后，真世急忙强调了这一点。片警挠头道：

"嗯，这确实是个问题。"

"外间那一侧的封条是三位学长一起检查的，都没有破损。走廊和窗口的封条也是两位学长先后检查过的。"

"他们有可能合谋吗……？"

"您说小山内学长和郡上学长吗？就算天塌下来了，他们都不会联手的。小山内学长性格孤傲，本就不是那种会找人合作的人。郡上学长和蚁马学长联手倒还有那么一点点……不，学长们都对会长一往情深，他们根本没有动机。"

"这才是关键所在啊，"片警一脸了然，"你还小，还不懂男女关系的微妙之处……"

"啊？"被当成了不懂人情世故的小姑娘，真世大为光火，"您怀疑学长们联手作案，可您不也检查过走廊那一侧的封条吗？有什么疑点吗？"

"那倒是没有。"

"按您的思路，三位学长是串通起来撕开了外间那边的封条，进入里间袭击了会长。可要真是这样，他们难道不会编一套更像样的谎话吗？"

"所以他们编出了座敷婆作祟的……"

"哪怕是本地人，都不会想出那样的计划吧。"

她一个怕生内向的人，竟在警察面前据理力争——真世自己都惊讶不已。想必是因为，她是在为妖怪研究会的成员辩护。

然而……

综合各方面的线索，袭击会长的人肯定就在三位学长之中。但作案手法尚不明确，所以警方也无计可施。

罪犯就在学长们之中。

可她不希望任何一个人被捕。

就在真世被矛盾的心情折磨得苦不堪言时，沉思许久的片警开口说道：

"行，一个一个问问他们，说不定就能问出点破绽了。"

真世心里警铃大作。

不会是要强行逼供吧……

所幸对方不过是个"乡下派出所的小片警"，真世实在不觉得小山内和郡上会被他驳倒。最胆小怕事的蚁马应该也能顺利过关。

真世走后，小山内、郡上和蚁马依次被叫进门房问话。不过正如她所料，好像没有人供认罪行，片警也一筹莫展。

再加上泰加子表示"不想把这件事闹大"，场面顿时乱作一团。

"她无疑是被绳状物体勒住了脖子。虽然不能确定对方是否抱有杀意，但这显然是一起伤人案。"——医生给出了客观的判断。

"虽然还不清楚嫌疑人是如何进出里间的，但有作案条件的人非常有限，不能就这么算了。"——片警的措辞略有些模棱两可，但他也认为这是一起刑事案件。

勇一用难懂的方言呼吁："不能赖在座敷婆头上！请警方务必逮捕凶犯，证明我们旅馆与此事无关！"

勇二倒是站在了学生们那边，说"这是学生之间闹出来的，连会长这个被害者都说不追究了，又何必闹大呢"，结果被哥哥瞪了一眼，只得闭嘴。

"我也不是不能理解会长的心情……"小山内如此铺垫，许是因为猜中了泰加子的心事，她大概也怕男生之中有人因此事被捕吧，"可警官说得没错，不能就这么算了——"

"嗯，恐怕没法就这么算了，所以我决定就地解散妖怪研究会，与你们断绝一切来往。"

泰加子的决定让四人大受打击。

也包括我吗……？

难道学姐不光要跟学长们绝交，还要跟我断绝来往吗——真世顿时将案件抛诸脑后，忧心起了这个问题。她对自己的反应厌恶至极，但这也能从侧面体现她受了多大的打击。

就在众人吵吵闹闹，事态险些失控时，一位陌生的男性客人碰巧来到了大数见庄。

而这位来去无踪的神秘人，竟然揭开了案件的真相。

第四章　封锁座敷婆

五

瞳星爱刚在老地方——"怪异民俗学研究室"里念完《座敷婆封条密室事件》，天弓马人便用佩服的语气喃喃道：

"那个神秘人是刀城言耶老师吧？"

脱口而出的感叹倒不是因为言耶破解了奇案，而是因为言耶遇到这种情况的概率之高。

虽已入秋，但夏日的闷热仍未消散。不过图书馆大楼地下层的"怪民研"还是莫名地凉爽，一如既往。

"没有明说，但应该错不了。"

"老师肯定是采访了相关人员，查看了里间和配楼各处，然后以仓边真世的视角将这起事件写成了小说。"

"结果老师本人在故事的最后登场……"

"想必是跟读者开的小玩笑吧……"言及此处，天弓像是突然想起了什么，"除了这份稿件，信封里还有没有别的东西？比如老师写的解决篇什么的。"

"有是有……"

小爱掏出一个薄薄的信封。正面写着一行字——"请在天弓推理后拆封"。

"里面好像只有一张信纸啊。作为解决篇，未免也太薄了吧？"

"也许……真相是能用一句话解释清楚的那种。"

241

天弓似乎并不满意她的解释。

"话说老师是不是已经忘了，他当初找我当助手，是为了让我帮着整理分类他采访到的民间传说啊。"

"现在倒像是老师一门心思想让你解谜，于是一个劲地寄案件详情回来。"

"还特意让你来念——"

天弓的怨言还没出口，小爱就迅速抛出了一个绝对能勾起他兴趣的问题。

"这起发生在密室里的勒颈事件真是座敷婆作祟吗？"

"怎么可能？"

"可是里间的三个出入口都在内侧贴了封条啊。也就是说，那是个完完全全的密室。"

不出所料，天弓立马就上钩了，于是她再次强调了事发现场的密闭性。

"虽然有封条，但不是卡特·迪克森的《爬虫类馆杀人事件》刻画的那种'所有缝隙都从内侧封死'的密室。隔扇、推拉门和窗口都留了三厘米的缝隙，所以不是百分之百的密室，只能算'准密室'。"

"话虽如此，但人是不可能进出的。"

"用作凶器的带子或绳子不是可以轻松穿过吗？"

"那你说说看，到底是谁干的？用的又是什么样的作案手法？"

小爱斗志昂扬地问道。天弓则淡定作答：

"泰加子跪坐着打起了瞌睡，所以头部是前倾的。罪犯用牢固的绳子做了个西部片里常见的套索，然后拿着它把手伸进隔扇的缝隙，直到手腕以下的部分都进入里间，再对准她的脖子一抛。由于被害者身体前倾，罪犯只需拉紧套索，脖子就会被勒住——大致就是这么一回事。"

"也就是说，是蚁马干的？"

"泰加子说勒她的人在她身后……而蚁马就待在她正后方的外间，所以嫌疑最大。"

"可他要怎么卸下泰加子脖子上的套索呢？"

小爱抛出一个直截了当的问题。天弓冷冷地回答道：

"不，卸不了。"

"什么？"

"在那种情况下，套住泰加子相对容易，卸下套索却很难。而且泰加子在证词里提到，交叉于脖子后方的绳子紧紧勒住了她，还把她猛地往上拽。如果是投掷的套索，受力点应该在脖子的前侧，而且会有被绳子往后拽的感觉。更何况蚁马胆小怕事，本就不可能犯下这样的罪行。"

天弓轻易推翻了片刻前的推理，小爱真想数落他几句，最后还是憋住了。

"那就意味着罪犯用绳子的中段做了个圈，交叉点在泰加子的后颈，然后向左右两侧拉动绳子的两端，勒紧了她的脖子，是吧？"

"应该是。"

"也就是说，事发时罪犯就站在泰加子的正后方……"

"不一定，毕竟里间好歹是个'准密室'。"

"那罪犯是怎么作案的呢？"

"要在那样的条件下勒住被害者的脖子，就必须向左右两侧拉动绕颈一周的绳索。而案发时的里间刚好留有连通外界的缝隙，就在泰加子所在的位置的左右两侧。"

"对着走廊的格子推拉门和对着檐廊的窗户……"

"考虑到两处缝隙的位置，绳子应该是斜着穿过了里间，而泰加子正好在房间正中央，所以勒住她的脖子还是不成问题的。"

"那罪犯是怎么做的绳圈，又是怎么把绳圈套在了泰加子身上呢？"

"这么想确实有点牵强。"

"什么？"

天弓又厚着脸皮推翻了片刻前的推理，小爱惊讶地看着他。

"再说了，拉一条贯穿南北的绳子着实有点难，"天弓完全没有受打击，继续说道，"而且仓边真世说得明明白白，小山内和郡上是不可能联手作案的。"

"那就别再瞎推理了。"

小爱刚鼓起腮帮子，心中便一阵忐忑：

"有嫌疑的三个男生都不可能作案……那就只可能是座敷

第四章　封锁座敷婆

婆作祟了吧……"

"不，不是有一个能瞬间解开封条密室之谜的真相吗？"

"还能是怎么回事啊……"

"西条泰加子自导自演啊。"

"怎么可能……她哪来的动机啊？"

"三个男生对妖怪全无兴趣，加入研究会只是为了纠缠她而已。而仓边真世的到来，让泰加子深刻认识到了这种状态有多么不正常。为了干净利落地和三个男生断绝来往，她精心制订了这个计划，假装自己遇袭，将他们三个打造成了犯罪嫌疑人。但真的搞成冤案是肯定不行的，所以她得营造出'无论从哪个角度看都是他们三个最可疑'的同时，也制造出'他们三个不可能作案'的状态。为了布置出这样一个犯罪现场，她选中了大数见庄的里间，因为那是座敷婆出没的地方。"

"泰加子勒了自己的脖子……"

"用作凶器的绳子还是很好藏的，折一下就能藏进内衣里。"

"然后就地解散妖怪研究会，就能跟他们三人绝交了……"

"逻辑倒是通顺，可是单看仓边真世视角的人物描写，西条泰加子又不像是会制订那种计划的人。"

"什么——？"

小爱不禁怪叫一声。天弓却若无其事地站了起来，突然在研究室里踱起了步。

245

啊，又开始了……

前几次也是如此。推理一旦陷入瓶颈，他就会像这样在研究室里徘徊。待他回到原位后，便能一语道破事件的真相。

小爱对此心知肚明，所以立刻将怒火抛诸脑后，满怀期待。谁知……

"这是卡特·迪克森的《犹大之窗》。"

天弓竟拿回来一本悬疑小说，摆在她的面前。

"呃……这好像是法性大学的杏莉和平同学看的第一本卡尔的作品吧？"

小爱回想起杏莉讲述的经历，如此回答。

"事发当晚，真世不小心在二楼睡着了。后来被蚁马叫醒的时候，她突然觉得哪里不对劲，却又形容不出来。你知道那是怎么回事吗？"

天弓却冷不丁把话题扯了回去，搞得小爱一头雾水。

"你……你突然问这个，我也……"

"泰加子可是提过的。"

"啊？提过什么？"

"转枕。"

"什么？妖怪的恶作剧？你的意思是，真世撞见妖怪了……？"

"她被挪动过，但不是妖怪干的。"

"那是谁干的？为了什么？"

第四章　封锁座敷婆

"想必真世是在二楼那个房间的正中央睡着了。所以勇二挪开了她，掀开房间中央的榻榻米，再卸下二楼的地板，也就是一楼里间的天花板。旅馆换榻榻米的时候他是在场的，所以才能临时想到这个点子。而且换榻榻米的时候刚做了大扫除，所以不至于有灰尘落到一楼。接着，他将绳子的一头系在保险柜的把手上，中段交叉成圈，以胶水固定，再把绳圈垂到一楼，套在同样打了瞌睡的泰加子的脖子上，然后挪到保险柜的另一侧，用力一拽。勇二是在二楼作案的，所以泰加子才会有被绳子往上拽的感觉。确定泰加子晕厥后，他再把手里握着的那头丢去一楼，然后解开系在保险柜把手上的那头，拉上几下，整条绳子就都收回来了。绳圈是用胶水固定的，勒脖子的时候一用力就散开了，回收起来不费吹灰之力。真世和泰加子之所以睡着，是因为勇二送的咖啡里掺了安眠药。男生们喝的咖啡当然也下了药，但女生那两杯的用量肯定比较大。让真世睡着，是为了给犯罪现场制造不在场证明——为了不让人怀疑作案时使用了二楼的房间。给泰加子下药则是为了保险，万一她没有因为脖子被勒而晕厥，也会在药物的作用下直接睡死。总之，勇二的目的是制造出一个'只可能是被座敷婆勒了脖子'的局面。"

"动……动机呢？"

"他想让哥哥疑心'座敷婆也许是会害人的'，趁机将大数见庄打造成一座不依赖座敷婆的观光旅馆。也可能是想毁掉座敷婆的美名，将旅馆逼入绝境，如此一来哥哥就会考虑转手了。

247

反正勇二是一心想扭转大数见庄的现状。"

"你的意思是，他根本就没想勒死泰加子？"

"只要能制造出一起和座敷婆有关的骚动就足够了。学生们只是旅馆的客人，与勇二并无交集，所以谁都不会怀疑到他头上，这对他而言也是一大优势。他对研究会的一行人格外热情，也是因为另有所图。"

言及此处，天弓突然像断了电似的陷入了沉默，目光则投向了仍放在桌上的那封薄薄的信。

"要不要打开看看？"

小爱问道。见天弓默默点头，她便从信封中抽出一张信纸，看到了写在上面的一句话……

"老师写了什么？"

由于小爱一直盯着信纸，迟迟没有抬起头来，天弓不耐烦地问道。

"你的推理应该没错。"

"信里写了？"

"嗯。但信纸上只有一句话，除此之外的详情一概不知，这样的解释未免也太粗糙了些……"

"好了好了，念出来听听。"

小爱的目光再次落在信纸上，念出了那行字：

"真相大白后，勇二在里间勒死了自己。"

第五章

伫立不动的口食女

第五章　伫立不动的口食女

一

清晨的空气分外清新，以市井民俗学家自居的东季贺才却忽然有种不祥的预感，停下了脚步。此时此刻，他正站在去往竹迫村的山路上，路边立着一尊布满青苔的石佛。

昨晚才刚撞见，怎么这会儿又……

会不会遭遇惊心动魄的灵异现象？他不由得提高了警惕。不过当微弱的异味扑鼻而来时，他恍然大悟，身子微微一动。

露天焚尸……？

遥想当年，土葬在乡村还十分普遍。然而近年来，火葬渐成主流。起初都是露天焚尸，后来改用了耐火砖砌的小屋，再后来又引进了重油火化炉。移风易俗到了这个地步，乡亲们便都盼着本地能兴建正规的火葬场。

不过仍有少数村庄保留了土葬的风俗。火葬在这类地区并非主流，火化的必要设备自然也比较欠缺。换言之，真遇到了需要火葬的情况，也只能采用传统的露天焚尸。

贺才平日里走南闯北，探访各地民俗。对他而言，见证露天焚尸的机会自是弥足珍贵。因此他虽有踌躇，却还是下意识地走向了恶臭的来处，想必是民俗学者的天性使然。

然而，不祥的预感仍然笼罩着他。因为恶臭背后还存在一个更为根本的问题。

谁会在大清早焚尸？怎么想都不对劲。

就算出殡因某种原因安排在了傍晚，也不可能把坐棺[1]中的遗体留到第二天早晨，照理反而是该通宵火化的。至少他从未听说过"大清早露天焚尸"的风俗。

尽管心中有着难以言喻的忐忑，贺才还是从山路拐进了一条兽道模样的小径，拨开郁郁葱葱的灌木丛往坡下走去。自山头而下的山路也是往差不多的方向去的，照理说最省事的走法是先正常走一段山路，到了近处再拐进岔路。话虽如此，可没人能保证他到时候还能嗅到那股异味，跟丢的风险反而很高。他可不想找村民打听焚尸的地方。人家怕是也不肯说。实在要打听，也得先建立起一定的信任关系。刹那间的决断和行动，都建立在这些经验之上。

他走了好久好久，却迟迟没有走出灌木丛。走着走着，兽道拐了个弯，好像离他要去的村庄越来越远了。不过露天焚尸往

---

[1] 日本传统的一种桶形棺材，遗体是坐在而非躺在棺材中。

第五章　伫立不动的口食女

往都是在村庄最偏远的地方进行的，从这个角度看，他的方向应该没错。可是放眼望去，周围尽是高大的草木，心里难免没底。

突然间，昨晚的恐惧险些卷土重来。兴许它就在身后，正追着他跑……这样的妄想浮现在脑海中。当然，那不过是无凭无据的想象。人独自走在山中的时候很容易胡思乱想。当时的他也不例外，明知危险，却还是忍不住跑了起来。一旦撒开腿，就停不下来了。

所幸他在摔倒之前刹了车，因为他感觉前面好像有什么动静。他很快意识到，如果把灌木丛弄得沙沙作响，很可能把自己的存在暴露给对方。

于是他蹑手蹑脚，一点点往前挪。挪了一会儿，他便透过灌木丛看到了一片狭小却开阔的草地。要是在没闻到异味的状态下看到这样一块地，他兴许会误以为那是农田的一块像飞地一样的地。不过地上不见任何谷物或蔬菜，对露天焚尸不了解的人见了，怕是会觉得这个神秘的空间有些莫名可怖。

草地中央摆有井字形的柴堆。木柴似是半干，这是为了调节火势，以免温度过高。凝神望去，只见柴堆底下铺着木炭，顶端则架着一口坐棺。坐棺形似圆桶，遗体以盘腿、跪坐或抱膝的姿势入殓。坐棺本就是用于土葬的棺材，占用的空间比卧棺更少便是其优势所在。但坐棺不适合火葬，操作起来很是费事。

一个老头绕着柴堆走来走去，似乎在做最后的检查。他脸上的严峻表情足以体现露天焚尸的难度。也许他的性格本就不甚友善，所以面相也凶。不过他之所以拉长了脸，十有八九是因为他正看着那口架在柴堆上的坐棺。

毫无疑问，此人扮演的是火化师的角色。在某些村庄，火化师是轮流担任的，哪怕是女人都躲不掉，规矩便是如此。

草地的一角摆着装了水的桶和舀子、大号席子、比席子还大的网和几根木桩。水桶、舀子和席子的用途还好理解，可网和木桩究竟是做什么用的呢？他百思不得其解。

说到百思不得其解……

柴堆明明还没点着，换句话说，本不该有什么异味。莫非他在半山腰上隐约闻到的气味，是渗入这片草地的尸臭？无论如何，都不是什么好闻的味道。

检查完柴堆后，老头点着了铺在地上的木炭。火苗似是闷烧了片刻，然后一下子蹿了起来，许是因为木柴之间和柴堆内部填充了稻草和树枝。眼看着火焰迅速抵达柴堆的顶端，瞬间点着了坐棺。不一会儿，坐棺就烧没了。不过棺材本就是木头做的，这也是理所当然。

说时迟那时快，火焰中突然现出一具疑似女性的跪姿遗体。火焰迅速蔓延至白寿衣，一眨眼便烧光了她的短发，烧灼人肉的独特臭味弥漫开来。

待到遗体着火，老头舀起桶里的水，将席子浇了个透，然后盖在了已然化作火球的遗体上。这也是为了降低火力，以防遗骨被高温破坏，和使用半干的木柴是一个道理。说白了就是干蒸

第五章　伫立不动的口食女

遗体。这样能烧出完好的遗骨，连脊椎都不会散架。

贺才虽有这方面的民俗学知识，但如今很难有机会见证这种火葬，所以他倍感欣喜。可他看了没多久就吃不消了——因为风向变了，异臭汹涌而来。

他忍无可忍，逃出了灌木丛。不过与此同时，他并没有忘记对老头打一声友好的招呼。

老头倒是没有尖叫，但脸上写满了惊愕，看着像是要逃跑了。遗体刚着火，就有个陌生人冷不丁从眼前的灌木丛里钻出来，有这种反应也正常。

"你……你……你是什么人？"

但老头还是咬着牙坚守在原地。毕竟他是火化师，不能撂下刚烧起来的遗体不管。

"哦，我不是坏人！"

贺才说出了最不契合这个场景的台词。最好的证据就是，老头满是惊恐的脸上明显多了几分怀疑。

"我是——"

贺才简要介绍了自己所属的大学和院系，告诉对方他正在周边的几座村庄探访民俗。为保险起见，他还奉上了校方准备的名片。

然而，要想完全消除老头的戒心，光凭这些显然是不够的。经验告诉他，遇到这种情况时，最有效的方法就是讲述自己在当地的一些经历，尽可能让对方生出亲近感。

"不好意思，我想跟您这位本地人打听个事——啊，恕我冒昧，请问您怎么称呼？"

"我……我叫地郎。"

"是这样的，地郎先生，我昨晚遇到了一件特别诡异的事情。"

贺才很是突兀地叙述起来。地郎惊得直翻白眼，但还是表现出了愿意倾听的态度，几乎是被自说自话的贺才牵着鼻子走了。

"当时我从你们隔壁再隔壁的村子出发，正要翻过山头去隔壁村。我本想再早些出发的，结果听村里的长老讲故事的时候过于专注，忘了时间，以致耽误了行程。不过这倒正合了我的意——"

东季贺才的讲述大略如下。

在走访周边村庄的过程中，他无意中听到了一个令人好奇的民间传说——天黑以后翻山，容易碰上可怕的妖怪。

这类怪谈并不稀罕，因为山头本就是"边界"。有时是村庄与村庄之间的分界线，有时则被视为人间与异界的无形界线。而"天黑以后"又是魑魅魍魉最活跃的时间段。异象因这两个元素的结合而诞生也不足为奇。

可耐人寻味的是，无论贺才如何追问最先提起这个怪谈的老人，他都不肯透露详情，一口咬定自己"什么都不知道"。和其他村民聊到山头的异象时，大家也是一样的反应。追问那些表

第五章　伫立不动的口食女

现得略知一二的人"到底是怎么回事",他们也都讳莫如深。直觉告诉贺才——

他们不是不知道,而是不想说……

顺便一提,村民所谓的"山头"并非特指某个地方,而是泛指周边的山路。

贺才故意推迟了离开村庄的时间,所以当他来到那座矮山的脚下时,太阳已经快落山了。山本身的海拔不高,但前前后后有不少难走的路段,好比涧边的山路、曲折的山坡和凹凸不平的碎石坡。而且月光照不进山里,要是没有头灯,四周几乎是一片漆黑。所以他起初还有闲心提防妖魔鬼怪,但没走多久就顾不上了。

好不容易走到山头时,人已是筋疲力尽。山路右侧立着一尊因长年风吹雨打朽败不堪的道祖神像,仿佛是在迎接他的到来,聊表慰劳。

他靠着神像坐了下来。就在这时,有什么东西闯入了他的视野。

他连忙抬眼望去,只见山路左侧有一片茂密的灌木丛。而灌木丛后的草地上,分明矗立着一座古旧的佛堂。虽然和小茅屋差不多大,但好歹能遮风挡雨,可以好好休息一下,总比坐在地上强多了。于是他便向道祖神鞠了一躬,走向佛堂。

他先坐在木板台阶上调整呼吸,再打开水壶润润嗓子,总算是又活过来了。

许是因为周边有不少高大的常青树，这里虽是矮山的顶端，却几乎享受不到月光的恩惠，很是昏暗。所幸灌木丛和山路的交界处还有些许微弱的月光。之所以不觉得明亮，皆因那晚的月光略略发红。

好瘆人的颜色……

再单纯的自然现象，放在这个时间段的深山老林都会让人忍不住胡思乱想，怎么看怎么像老人们不肯多言的灵异现象的前兆。

瞎想什么呢。

接着赶路吧。

贺才暗暗自嘲，正要起身。

就在这时，他竟发现幽暗的红色月光下有个隐隐发光的东西。不是手电筒，而是更虚弱绵软的光源。即便如此，他还是莫名地觉得那光自带邪气。

"光"本该与精神层面的明朗相通。更何况，他此刻正身处夜晚的山中。在这种情况下看到的光亮，本该带来安心与慰藉。

闪烁的光亮恐怖而神秘。突然间，光亮消失不见，人影取而代之。

贺才吓了一跳，但还是目不转睛地盯着。好像是个女人，而且看着还挺年轻。大晚上的，怎么跑这儿来了……谁知凝神注视过后，他的后颈便汗毛倒竖，胳膊上顿时就起了鸡皮疙瘩。

第五章　伫立不动的口食女

因为那个女人的嘴，竟裂到了耳朵。

从嘴角一路到双耳根部都裂开了。只见她张开大嘴，笑得正欢，仿佛脸上有个横放的镰刀状月牙。

正愣在原地时，月光忽然暗了下来，四周一片漆黑。想必是月亮被云遮住了。多亏了那片云，他看不到那个可怕的女人了，但这并不能让他彻底放心。

万一她过来了……

周围暗得伸手不见五指。他绝无法在她逼近之前有所察觉。正因为清楚这一点，他才会忐忑不安。想逃也逃不了，因为最要紧的山路在女人那边。佛堂后面是茂密的森林，逃进去绝非上策。

他如坠冰窟，全身都僵得不听使唤。恰在此时，月光重归大地。淡红色的月亮自云间探出头来。

不见了……

嘴巴裂到耳根的女人消失了。贺才战战兢兢地穿过灌木丛，悄悄望向山路的左右两侧，却愣是没看到她的身影。由于光线十分昏暗，他也看不太清楚，但至少不用担心她就藏在附近。

稍一放心，双腿便不住地打战。他迈着生硬的步子走回佛堂，一屁股坐在台阶上，总算是松了口气。

他休息了一会儿，本想继续赶路，可是转念一想——

等等……就这么翻过山头，沿山路往下走，不会又在半路上撞见她吧？她刚才就站在离他出发的那座村庄更近的那一侧山路上。搞不好他跟那女妖在往同一个方向走。要真是这样，她就会一直走在他前面。万一她在半路上停了下来，他就有可能追上。

今晚就在这儿露宿吧。

他常年周游日本各地，在野外过夜也是家常便饭，倒也没什么顾虑。有佛堂遮风挡雨已经很不错了。

但佛堂还不足以让他安睡。他本是个在哪儿都睡得着的人，那晚却并不如此。

那个裂口女知道……

知道他在山头的佛堂……

万一她心血来潮杀回来了呢？万一她本就是住在这座山上的……说不定会整晚整晚徘徊在山路上。无论如何，她再次现身山头的可能性还是很高的。

脑海一旦被这些念头占据，人就没有心思睡觉了。他在狭窄的屋檐下辗转反侧，熬过了一个不眠之夜。

第二天清晨，周围高大的树木挡住了刺眼的晨光，但他还是被嘈杂的野鸟叫声吵醒了。虽然严重缺觉，可吵成这样也睡不安稳。

他只得爬了起来，就着水壶里的水草草吃了些随身携带的干面包，好不容易翻过了山头。谁知下山路刚走到一半，他就闻到了那股异臭。

第五章　伫立不动的口食女

二

贺才向地郎一五一十讲述了昨夜今晨的经历。谁知对方竟报出了一个闻所未闻的词。

"口食女……"

贺才问了才知道，那是一种在当地出没的妖怪，写作"口食女"。

"听着有点像传说里的二口女[1]。"

"那是什么？"

老头好像有些兴趣，于是贺才便跟他讲了讲二口女的传说。听完以后，他竟笑得跟个孩子似的，完全颠覆了"难以亲近"的第一印象。

莫非在沿途的几座村庄听说的"山头异象"，就是这个口食女？

贺才基于这个猜测继续追问，可老头突然支支吾吾起来。详细叙述昨晚的经历确实在一定程度上消解了老头的戒心，所以他才会道出口食女的存在。后来贺才又讲解了二口女的传说，进一步拉近了双方的关系。

怎么稍加细问，他就缄口不语了呢？

"你是不是之后——"地郎投来探询的眼神，"想找村里

---

[1] 后脑勺长了第二张嘴的女妖，可以将自己的头发用作触手，将食物喂入后脑勺的嘴。

人打听各种事情，用来做大学里的什么学问啊？"

"对，我是研究民俗学的。"

"我倒是可以跟你讲讲，但你得答应我一个条件——别跟村里人打听口食女的事。"

"也不能打听山头的异象？"

"这倒是可以提的，而且要是对方主动提起了口食女，当然也无所谓。"

对竹迫村的人来说，关于口食女的话题似乎是某种禁忌，所以老头知道其他人是不会透露内情的。万一他告诉外人的事情传了出去，怕是会招来不少麻烦。

贺才好奇心大起，却佯装平静，答应了地郎的要求。

"这一带自古以来就有种可怕的地方病，别处是没有的。"

这种病被称为"畜爬病"。光看名字就能想象出它有多么可怕。得知"畜"和"爬"分别是哪两个字时，贺才顿感反胃。

"得了这种病的人会发高烧，烧得精神错乱，跟畜生一样满地乱爬。"

骇人的症状也完美契合了病名。

"治得好吗？"

地郎无力地摇了摇头。

"要是刚发病就按畜爬病来治，还有那么点希望救回来，可医生是很难诊断出这种病的，等病人满地乱爬的时候才反应过来也来不及了。"

第五章　伫立不动的口食女

"因为畜爬病死去的人会变成口食女？"

贺才迅速意识到，将"畜爬"的音节重新排列一下，便成了"口食"[1]，所以才有这一问。老头默默点头。

"这种病是只有女性会得吗？"

见地郎摇头，贺才大感困惑。

"我遇到的好像是口食'女'，莫非还有口食'男'？"

"那没有的！"他似是被贺才逗乐了，但很快正色道，"得畜爬病的大多是男人。"

"啊？"

"据说女人要是被男人传染了，病得满地乱爬，最后一命呜呼，就会变成口食女。"

"就没有女性先得病的情况吗？"

"据我所知是没有的。"

"男传男呢？"

"也没有。"

"男传女的原因是……"

"就是你想的那样。"

总而言之，这种可怕的疾病似乎是通过男女之间的性关系传播的，而且只能男传女。

哦，那变成妖怪出来倒也合理。

---

[1] 日语中，"畜爬"读作"chikuba"，"口食"读作"kuchiba"，将前者读音的音节重新排列，即为后者的读音。——编者注

地郎许是瞧出了贺才的信服，却又面露尴尬。这或许是因为，他们都是男性，都属于加害方。

"病因还没查明吗？"

"县保健所几年前派人来调查过，给村里下了一堆禁令，这也不行，那也不行，这里不能去，那个不许吃——后来发病的人明显变少了，消停了一阵子。"

言外之意，畜爬病并没有被完全根除。

所谓"地方病"，就是发生在某个特定区域的疾病。其病因主要有两方面，分别是自然环境（如气候、土壤、生物群）和生活环境（如自古以来的风俗习惯）。前者相对好办一些，后者则往往根深蒂固，解决起来耗时耗力。

听地郎的口气，病因八成是后者。倘若真是如此，要不要继续深究就得打个问号了。虽说他们聊得还算不错，可老头毕竟是竹迫村的一员。导致畜爬病的特殊风俗很可能与村子的阴暗面有关，他无论如何都不会透露给外人。

"这边还是以土葬为主吗？"

许是因为贺才换了个话题，老头好像松了口气。

"这几年啊，周围的村子选火葬的人家是越来越多了。毕竟土葬还得挖墓穴，火葬可省事多了。但省事的前提是村子附近就有火葬场。我们村要火葬，就只能露天焚尸，根本没法跟人家比。"

"也就是说，竹迫村的家属可以任意选择土葬或火葬？"

第五章　伫立不动的口食女

"挖墓穴还能找几个家里的男丁一起上，露天焚尸可全靠我一个啊。"

地郎长叹一声，但他显然在为一肩扛起村子的火化大事而自豪。

"您的工作做得这么到位，家属们肯定也是很感激的。"

"那可不……"刚附和完，他便像是突然想起了什么，"但这位死者的家属就不一定了。"

"此话怎讲？"

"她是古茂田家的媳妇——嫁过去好些年了。古茂田家是我们村的第二大富户，出了名的爱磋磨儿媳。"

"人都没了，还能怎么磋磨啊？"

贺才难以置信地问道。地郎一脸同情道：

"古茂田家的观念是妻子理应一辈子伺候夫君，先夫君而去便是罪大恶极，所以都没人来送她最后一程。"

"有些地方确实有类似的观念，"贺才脱口而出，但随即加强语气道，"可是连葬礼都不来人也太狠心了，这种情况我还是头一回遇到。"

"幸好娘家妹妹翻了两座山来送她，先前也来这儿瞧过了，她九泉之下应该也能瞑目了。"

"真是不幸中的万幸啊。"

"听说她刚嫁过去就被剪掉了引以为傲的乌黑长发，说是碍着她做家务了。娘家妹妹倒是和姐姐当年一样，留着一头乌黑亮丽的长发。而且姐妹俩都是一等一的美人呢。"

畜爬病的传染方式、口食女的传说、婆家的磋磨……贺才虽为男性，却切身感受到了这座村庄的女性所受的煎熬，心情很是沉重。

地郎却掏出了一把半月形黄杨木梳，细细打量，反复摩挲，兴许是那位娘家妹妹来这里的时候落下的。不过看样子，他似乎没有归还木梳的打算。

地郎许是察觉到了贺才的目光，急忙藏起木梳。为了搪塞贺才，他话锋一转：

"你这种特地跑来看焚尸的怪人，肯定也很爱看葬礼吧？"

"嗯，确实。"

这话足以体现出地郎对贺才多有误解，但贺才听出了弦外之音，点了点头。

"今天傍晚，我们村以前的头号地主大生田家要出殡。"

"一连走了好几个啊。这家过世的是哪位？"

"退休的老太爷还在，他儿子，就是那家的老爷，却突然走了。"

"可我毕竟是外人，随随便便去参观合适吗？"

"别冲进送葬的队伍就行，老老实实在一旁看着又无所谓。"

于是贺才便问了问大生田家的位置，然后又打听起了村里有没有愿意协助他采访民俗的人。

第五章　伫立不动的口食女

谁知一聊到这个话题，此前滔滔不绝的地郎就闭了嘴，脸上的困惑显而易见。他并不是故意为难贺才，倒更像是陷入了"想说却说不得"的两难境地。

"我这样的外人突然上门采访，人家八成也不会配合的吧。"

贺才如此补充，表示充分理解地郎的难处。过了好一阵子，地郎才用虚弱的声音说道：

"找田无家的老太太，说不定还……"

"我可以告诉她是您介绍我去的吗？"

地郎无力地点了点头。贺才道了声谢，问他田无家该怎么去。

"多谢您的帮助。"

问完了该问的，贺才再次道谢。可不知为何，地郎的态度竟冷淡了许多，颇有些事到如今才开始后悔跟贺才说话的意思。不过他嘀咕了一句"反正回头还能见着"，这或许能从侧面体现出，他并不讨厌跟贺才聊天。

抵达竹迫村后，贺才立刻拜访了田无家。听说老太太和上初中的孙子相依为命。不过孙子早就去上学了，家里就老太太一个——因为贺才和地郎聊了好一会儿，时间已经不早了。

贺才先为自己的突然来访道了声歉，然后做了自我介绍，解释了登门的目的，最后才说是地郎介绍他来的。照理说应该先交代介绍人的，但他在直觉的引导下调整了顺序。

267

他果然没料错。老太太对陌生访客的到来颇感惊讶，但还是热情接待了他。得知是大学老师下乡采访调查，她便立刻表现出了愿意配合的态度。可一听说他是地郎介绍来的，便有异样的神情闪过老太太的脸庞。

"果然啊……"

贺才恍然大悟。地郎之所以能毫不犹豫地跟他这个素昧平生的外人透露村子的阴暗面，肯定是因为他在村里是被排挤的边缘人。

而田无家的老太太应该是极少数对他一视同仁的村民。

贺才许是猜了个八九不离十。

"好吧好吧，既然是他介绍来的，我尽量配合就是了。"

老太太笑着将他迎进了门。

多亏了她，后续的采访开展得颇为顺利。他先去了老太太介绍的人家，再请人家帮忙牵线，收获不小。可无论他如何拐弯抹角地打听，村人都绝口不提口食女，最多只会提一提"古时山头有妖怪出没的传说"。贺才表示想见一见亲眼见过妖怪的人，可村人都一口咬定"不知道"。这下他就不敢再打听畜爬病的事了，只能灰溜溜地回了田无家。

贺才满怀感激地接受了老太太的邀请，在田无家用了午餐。他心想"老太太说不定还肯透露一二"，于是借此机会试探性地问起了口食女。

"你连这个都知道啊……"

第五章　伫立不动的口食女

老太太吃惊不小,但她似乎很快就意识到了是地郎告诉了他,顿时面露难色。

"不过听我一句劝,你在别家最好别提这个话题。"

如此铺垫后,她大致交代了口食女的由来。但她提供的都是地郎说过的信息,态度也全然不似地郎那般积极。

"你还知道什么别的吗?"

老太太反问贺才。他意识到,人家是想打听打听地郎究竟说了多少。

他对老太太的印象还是不错的,想必地郎也是如此。但贺才觉得,这种时候装傻才是上上策,所以他谎称自己只当口食女是个怪谈。

老太太又问起了下午的计划。他说会继续靠村民牵线走访几户人家,到了傍晚就去看大生田家出殡。听到这话,老太太顿时把脸一沉:

"那家的葬礼还是躲远些为好。"

"为什么?"

"再了不起的学者,都不该随随便便参与别人家的葬礼啊……"

此事显然另有隐情,老太太却跟他摆起了大道理。这样一来,贺才也不好追问,只得不了了之……

三

当天下午，贺才精神抖擞地走访了几户人家。然而越是临近傍晚，他就越是心神不宁。他也不想把田无老太太的忠告当作耳旁风，可要是听了她的，就等于是白白糟蹋了地郎提供的信息。选了一边，就会辜负另一边。

犹豫许久后，他还是走向了大生田家。因为他终究是个彻头彻尾的民俗学者。

那天一早便阴沉沉的。宏伟气派的长屋门[1]映入眼帘时更是乌云蔽日，仿佛随时都会下起倾盆大雨。哪怕是为了学术研究，在这样的黄昏跟着出殡的队伍也难免会有些郁闷。尽管他仍抱有极大的好奇心，却终究无法兴冲冲地观礼。

机会难得，得打起精神啊。

贺才一边自我鼓励，一边环顾长屋门四周。不看还好，一看便犯了愁——因为周围根本就没有藏身之处。可他总不能戳在这么个众目睽睽的地方吧。故意蹲守在家属能看到的位置，借机跟上，未免也太不礼貌了。

怎么办？

贺才望着那庄重的长屋门思索片刻，忽然想起了一件要紧事。

农村的葬礼不同于城市，出殡一般不从正门走。大生田家

---

[1] 传统院门样式，院门两侧为门房，供下人居住。

第五章　伫立不动的口食女

的宅邸如此之大，停灵的地方很可能面朝中庭或后院，因此出殡时走的必是后门。

大意了。

他自嘲着绕去大生田家的后门一看，果然看到了想象中的景象。坐棺正被抬出后门，交给送葬的队伍。问题是队伍的规模着实小了些，看得他一头雾水。

这户人家可是曾经的头号大地主，宅邸又这么大，怎么会……

照理说，送葬的队伍本该很长，后面还会跟一群村民。不过亲属的人数本就少得出奇——只有死者的近亲才会穿与寿衣同款式的白衣，而队伍里的人大都是一身白。这足以证明贺才的推测。换言之，这支送葬的队伍几乎是由死者的近亲组成的。

说不定，田无老太太的忠告背后藏有某种可怕的含义……

难怪她拦着我，劝我别看大生田家出殡。

就在贺才躲在后门边的灌木丛里胡思乱想时，队伍已然排列整齐，正式出发。

怎么看怎么不对劲……

照理说，队伍要先绕着村子走一圈。在此期间，村民们也会陆续加入。谁知大生田家的送葬队伍直接去了和村子相反的方向。

贺才躲不住了，悄悄跟了上去。这场丧事的规模如此之小，凑近观察一番，兴许能有什么发现。最好能查明送葬队伍的诡异缘何而来。

走着走着，前方出现了一片竹林。看样子是要往林子里去。路很窄，地上大概有不少落叶，就这么跟过去肯定会被发现的。老太太的忠告已然呈现出了清晰可辨的含义，他冒不起这个险。

竹林前面是……

放眼望去，只见小路往里一拐，然后又稍稍弯了出来，中途恰好有一棵高大的松树。

只要爬上那棵树……

就能从正上方俯瞰送葬队伍了。连边边角角都能看得清清楚楚。

贺才急忙穿过田间道，抢先绕去了那条小路，趁着送葬队伍还没走出竹林，轻快地爬上那棵粗壮的松树。

爬得太高看不清楚，爬得太低又容易暴露。所幸松树的树形恰好满足他的要求，完美解决了两个难题——他找到了一根高度刚刚好的树枝，可以坐在上面，而且松叶很是茂密，用作藏身之处再理想不过了。

贺才喜出望外，但喜悦很快就被忧虑所取代。因为送葬的队伍迟迟没有走出竹林。

难道林子里有岔路？

或许他们就没打算穿过竹林，而是在半路上拐去了另一条路。要真是这样，再追就来不及了。

坐在松枝上的贺才探出身子，凝视不可能看见的竹林深处。

第五章　伫立不动的口食女

就在这时，队伍忽然走了出来，吓得他急忙躲回松叶中。透过叶缝细细观察后，他得出的结论是：这支队伍除了"人数极少"，并没有什么特别引人注目的地方。那可怖的感觉究竟是怎么来的呢？送葬的队伍会给人留下这样的印象倒也是理所当然，可他总觉得还有别的原因。

天空乌云密布。随着队伍的临近，那种诡异感变得愈发强烈了。哪怕躲在树上，贺才都能切身感觉到。

片刻后，队伍走到了松树下。照理说，贺才本该为从正上方观察的机会眉开眼笑，可他早就高兴不起来了。他忽然意识到，自己正盼着队伍赶紧过去。

可不知为何，队伍竟毫无预兆地停在了树下。

更令人难以置信的是，身着白衣的亲属们竟把最要紧的坐棺撂在了地上，掉头往回走了。

啊？

贺才满头问号。送葬的队伍走到半路便撂下棺材打道回府……他可从没听说过这样的习俗。

是这一带特有的习俗？

还是大生田家的规矩？

不可能，这也太离谱了。这棵松树显然无关特殊的丧葬仪式。它要真有那么重要的意义，早该被供起来了，可它就这么孤零零地戳在乡间小路的中央，树下连个神龛都没有，根本说不过去。

怎么回事？

树上的贺才俯视着被搁在树下的棺材。忽然间，小时候听祖母讲的故事浮现在脑海中。细节已经记不清了，情节大略如下：

某山伏[1]路过一棵高大粗壮的树，见一只小貉子正在打盹，便一时兴起吹响了号角。小貉子吓得一跃而起，慌忙逃窜。山伏哈哈大笑，在树下稍事休息。

过了一会儿，山路的尽头出现了一支送葬的队伍。眼看着队伍在朝这边走，山伏觉得不吉利，便想上树躲过去。

谁知队伍竟停在了树下，搁下棺材走了。

就在山伏毛骨悚然时，棺盖开了，爬出来一个……

大概就是这么一个故事。还记得是小貉子为了报复扰它清梦的山伏制造了那些幻象。

故事的结局着实让人长吁一口气。可活人在树上无处可逃，死人从他正下方的棺材里钻了出来，还爬上了树……这般绝境，还是令儿时的他不寒而栗。

不会吧……

传说会在这里重演吗？

不可能，这也太荒唐了。

他怀着啼笑皆非的心情，俯瞰树下的坐棺。

---

[1] 在山中徒步修行的修验道行者，亦称"修验者"。

第五章　伫立不动的口食女

窣窣。

棺盖好像稍微动了一下。

是我看错了吗……

贺才用双手揉了揉眼睛,继续凝视。

窸窸窣窣。

棺盖确实在缓缓向一侧滑动。

窸窸……窣窣……

眼看着滑动的速度越来越快。

咔嗒,咔嗒。

棺盖落地,发出干涩的响声。

坐棺中的光景映入眼帘。

死者高举双手,仿佛他刚才就是用那样的手势挪开了棺盖。

死者缓缓往外爬……

额上系着白色三角巾、身着寿衣的死者,正要爬出坐棺。

他目睹了这无比骇人的景象,却仍无法接受树下发生的一切。

不可能……

然而,无论他是怎么想的,死者爬出棺材都是不争的事实。只见死者匍匐在松树下,似在倾听,却没有抬头,一动不动。

唰……

贺才的一只脚突然打滑,险些掉下去。死者许是因此注意到了他的存在,骤然动了起来。

啪，啪……

死者的双手拍打树皮的闷声回荡在树下。

啪，啪……

死者爬上松树。

啪，啪，啪……

死者眨眼就爬过了半当中，要不了多久就能爬到贺才所在的树枝。

贺才下意识抬头看去，感觉还能往上爬一段，但很快就会碰到没法爬的细枝。到时候，他又该往哪儿躲呢？

但他很快便抛下了这些担忧，往上方爬去。毕竟恐惧正从下方逼近，身体不由自主地做出了反应。

往上爬了两根树枝之后，他躲进了松叶丛中。没法再往上了。随随便便上去，说不定会把树枝踩断。明知躲了也是白躲，却无法违背本能。他就是不想看到它逼近的模样。明知是毫无意义的逃避，却也无可奈何。

沙沙沙……

死者拨开松叶，猝然出现在眼前——他阻止不了自己想象这样的画面。如果条件允许，他真想闭上双眼，但什么都看不见的状态也很可怕。话虽如此，一直睁着眼睛就意味着他将在不久的未来被迫正视那个东西。

沙沙……

他感觉到大限将至，身体下意识地后仰。定是"想离那个

第五章　伫立不动的口食女

地方尽量远一些"的心态使然。

谁知松叶中突然钻出了一只小鸟。小鸟见了他却不慌不忙，脑袋一歪，很是可爱。

对了……

不知不觉中，死者爬树的瘆人响声消失了。小鸟飞走后，贺才透过松叶悄悄往下看去，发现死者已然不见了踪影。

莫非是白日梦？

阴天的傍晚何来白日梦。可要是不这么想，就无法解释这一系列的异象了。

但贺才看了眼树根处，顿时心头一跳。

坐棺还在呢。

难道他刚才经历的都是现实？那爬出棺材的死者上哪儿去了？怎么就不见了呢？

他在树上等了许久，感觉死者应该不会再现身了，这才小心翼翼地下了树。他起初还怀疑坐棺会不会悄然消失。然而重回地面时，坐棺还好端端放在原处。

探头一看，里头空空如也，但有股臭味扑鼻而来。他闻不出那是什么气味，却也无心细辨，快步走开了。

他犹豫再三，还是回了田无家。因为他想跟老太太聊聊刚才的诡异经历。可惜老太太上初中的孙子回来了，只得作罢。当晚，他应老太太的要求跟孙子讲了些在各地遇到的奇闻轶事。

第二天一早，贺才在孙子出门上学的同时离开了田无家。

他是真的很想跟老太太讲一讲昨天傍晚的经历，听听她的意见。但人家事先警告过他，"还是躲远些为好"。他斟酌了一夜，觉得这句话沉甸甸地压在心头，实在开不了口。

贺才就这样结束了针对竹迫村所在地区的民俗采访工作。约莫两个月后，他竟收到了地郎寄来的信。信是寄到大学的，然后才被转寄到了贺才的落脚地。

内容大略如下：

葬礼结束后，古茂田家和大生田家继续在自家佛堂祭奠儿媳与家主，直至头七。两家都没做什么特别的事，不过是按惯例供奉了菊花、龙胆等佛花，外加糕果、水、饭食、香烛，即"佛前五供"。

然而每天早上，佛堂里都是一塌糊涂。鲜花在一夜之间枯萎凋零，糕果被吃得乱七八糟，水洒了一地，饭食不见踪影，香烛尽数断裂……天天都是如此，而且两家的情况像得出奇，叫人心惊胆寒。

家里人本以为是孩子的恶作剧，但审问过后发现并非如此。莫非是小动物闯了进来？但这一猜测无法解释花朵的凋谢和香烛的断裂。什么样的原因会让鲜花在一夜之间枯萎呢？

两家人一筹莫展，却都想方设法隐瞒。然而他们并没有瞒住对方，而且流言很快传遍了整座村子。

恶灵作祟……

恶灵招来了灾祸……

第五章　伫立不动的口食女

肯定是被诅咒了……

村民的议论让两家人惶惶不可终日，可供奉总归是不能停的。好不容易收拾好，第二天早上进去一看，又是一团乱，仿佛是在无声地控诉，逝者死不瞑目……

后来，大生田家找了个分家的青年睡在佛堂守夜。也不知是怎么安排的，他不得不孤身一人在只有烛光的佛堂苦熬整晚。

古茂田家得知此事后，也想找个人在佛堂里守着。奈何这差事无人肯接，只得作罢。

大生田家备了酒菜，算是对守夜青年的一点心意。可不凑巧的是，青年的酒量并不好。青年不善饮酒却还是贪了杯，想必是因为害怕。他就坐在出问题的佛龛跟前。虽说他的职责就是守着佛龛，可一直盯着也着实无趣，甚至叫人郁闷。为了转移注意力，他便喝起了酒。守着守着，他突然对自己的处境生出了恐惧，于是只能喝更多的酒，一杯接着一杯。所以夜深人静时，他已然打起了瞌睡。

睡着睡着，他会突然惊醒，查看佛龛的情况后再度坠入梦乡。不知是第几次醒来时——

他竟看见一只幽白的手从佛龛右侧的黑暗中伸了出来，抓住供品后又悄然缩了回去。

青年一声惨叫，以坐姿往后挪。就在这时，一个黑不溜秋的东西从佛龛后面跑了出来，迅速穿过佛堂。青年下意识追了上去。事后回想起来，他自己都不敢相信，许是醉意壮胆。

那个黑不溜秋的东西跟猴子似的蹿出大生田家，向村郊跑去。青年拼命追赶，却不知追上了又能怎么办，脑海中一片空白，只是借着酒劲一通狂奔。

最终，那东西悄无声息地消失在了墓地。

青年赶紧停下。眼见此景，饶是他喝得再醉都犹豫了。"那东西埋伏在墓地里"的念头挥之不去。可是都追到这儿了，要是嫡系的人得知他没进墓地，不知道会怎么发落。考虑到身为分家的父母的立场，他也不能灰溜溜地逃回去。

青年痛下决心。幸好那夜还有星光。只要进墓地转上一圈，就算是"找过了"，回去了也好交差。

就在他缓步穿行于墓碑之间时——

只见一个嘴巴裂开的女人纹丝不动地站在一块低矮的墓碑后面。她无声地笑着，大嘴一直裂到耳根，仿佛下一秒便要将他一口吞了……

"大生田家被诅咒了……"

青年逃回去以后一通嚷嚷，可怕的谣言瞬间传遍全村。村民们认定，同样出现异象的古茂田家也是如此。谁料不久之后，两家便遭遇了远超流言的骇人事件。

古茂田家的尾七法事宴席闹出了食物中毒，半数宾客不治身亡。次日举办法事的大生田家也没能躲过厄运，三分之一的宾客因为吃了东西而死。除了死者，两家还出了不少重症患者。症状较轻的人也受到了极大的精神打击，几乎失魂落魄。这两个家族怕是需要很长时间才能重整旗鼓了。

古茂田家和大生田家都完了……饱含恶意的新流言在村中迅速传开。

地郎的信至此突然结束。

四

凛冬将至。天弓马人的生日就快到了。

"真麻烦……"

瞳星爱戳在通往图书馆大楼地下层的楼梯口，条件反射似的抖了抖身子嘀咕道。

她烦的是即将到来的寒冬，而非天弓的生日。其实她也只是碰巧听说他是射手座的，都不知道人家的生日具体是几月几号。

即便是盛夏时节，这栋楼的地下层也格外阴凉。走进"怪民研"时，这种感觉尤其明显。可要是有人问"那地方待着舒不舒服"，她只得回答"不太舒服"。因为她总觉得房间里有什么恢诡谲怪的东西，以致背脊发凉，<u>丝丝寒意正是由此而来</u>，跟"舒适"二字自是毫不沾边。冬日的寒意更是雪上加霜。地下层本就阴冷，"怪民研"更是冷上加冷，她真是一点都不想去。

"真麻烦……"

嘀咕归嘀咕，可小爱还是下了楼。这当然是因为外出走访的刀城言耶又寄信回来了。

小爱快步穿过清冷的地下层走廊时，只觉得脖子一阵凉，仿佛被冰寒的指尖轻轻拂过。她猛一回头，却见不着一个人影，唯有大白天也昏暗无比的走廊。

小爱下意识地摘下发夹，用头发盖住脖子。冬天披着头发本就比较暖和，但她向来好动，所以大部分时间都会把头发夹起来。不过此一时彼一时——眼下她只想尽可能护住脖子。

她沿着走廊一路小跑，站在了"怪异民俗学研究室"的名牌跟前。天冷得让人直哆嗦，门却依然敞开。进出倒是方便，她却难免有种"这个房间在引自己进去"的感觉。

"打扰了。"

她在门口向室内打了声招呼，但和往常一样无人回应。可麻烦的是，这并不足以断定天弓马人不在里头。其实此时此刻，她分明有种屋里有人的感觉。但那个人是不是他，或者说是不是"人"，都容不得一丝的主观臆断，这间研究室的可怕之处就在于此。

这种时候，最忌讳犹犹豫豫。

小爱吃一堑长一智，大步流星地走了进去。绕过几个书架，便看见了天弓马人的背影。他坐在研究室深处靠墙的书桌跟前，似乎正专心致志地在稿纸上写字。

小爱蹑手蹑脚地走到他身后的长方形书桌那儿，说了声

第五章　伫立不动的口食女

"你好"。

"哇！"

不过是一句司空寻常的问候，天弓却吓得跳了起来。

"我当是谁呢……原来是你啊。"

"有你这么打招呼的吗？"

"你还有脸说我呢，不知道进屋前要打招呼吗？"

"我可是规规矩矩打过招呼的，只是你没听见罢了。"

"……"

小爱心满意足地打量着哑口无言的天弓，又兴致勃勃地看向桌面道：

"写小说呢？"

天弓却迅速收起手稿，略显不耐烦地反问：

"老师又给你寄信了？"

"不然我来这儿干吗？"

"唉……"

见天弓叹了口气，她立刻顶了一句：

"我特地抽空给你送来，怎么连声谢都没有。"

"凭什么要我……"

"哦，不过这次的谜啊，搞不好还挺难的。"

照理说该用"灵异事件"一词，但小爱故意说成了"谜"。因为不这么说，天弓马人就不会上钩。

"什么谜啊？"

283

天弓的反应果然不出她所料，于是她便像往常那样念起了信。

念信时最有趣的，莫过于天弓面部表情的变化。小爱特别享受能明显看出他害怕的瞬间。如此一来，她就会念得加倍起劲，尽可能打造出身临其境的感觉，竭尽全力让他多害怕一点。

这次的成果也让她颇为满意。正出神时，天弓突然抛出一个重磅炸弹。

"这个东季贺才就是老师本人吧。"

"什么？"

"你不会是没瞧出来吧？"

鄙夷的目光让小爱顿时火冒三丈。可她又不能睁着眼睛说瞎话，只得模棱两可地点了点头。

"知道老师的笔名吗？"

"呃……是'东城雅哉'吧？我倒是觉得'刀城言耶'才更像笔名呢。"

天弓无视了后一句评语。

"把'东城雅哉'的后三个字换成不同的念法，就成了'东季贺才'。"[1]

"啊，还真是……"

---

[1] 日语中有训读和音读。"城"训读为"ki"，音读为"jō"；"雅"训读为"masa"，音读为"ga"；"哉"训读为"ya"，音读为"sai"。"东城雅哉"本应读作"Tōjō Masaya"，将后三个字的音读训读反过来，就成了"Tōki Gasai"，即"东季贺才"的读法。

第五章　伫立不动的口食女

"还有别的线索。"

"什么线索？"

"最开始说他'以市井民俗学家自居'，可见到火化师地郎的时候，他拿出了大学的名片，这不是很矛盾吗？"

"确……确实……"

小爱是真没注意到，可天弓那副得意扬扬的样子又看得她直冒火。

"这次的信跟之前的不太一样呢。"

天弓许是从小爱的语气中品出了点什么，明显起了戒心。

"怎么不一样了？"

"我的意思是，老师这回是遭遇了真正的灵异事件……"

"怎么可能？"

天弓矢口否认，但小爱听得出来，他的话里有种不自然的较真。

"如果不是实实在在的灵异事件，老师肯定能在离开竹迫村之前破解的呀。"

"嗯，话是这么说……"

"但他寄来的却是这样一封信。"

"没有像上次那样，附上另一封信？"

"没有，就只有这一封。也就是说，这次是纯粹的灵异事件报告。所以你得孤零零地在这间阴冷昏暗的研究室里整理口食女的两起事例，外加棺材里爬出死人的怪谈。"

"你……你就不能注意点措辞吗！"

"可是仔细想想，整理记录老师搜集来的民俗学怪谈本就是你的职责呀。"

"废话，都怪你老往这儿跑——"

"好好好，打扰啦。老师的信我就放这儿了，接下来就麻烦你守着这间冷清幽暗的研究室，独自坐在最角落的书桌前整理这段怪谈吧。"

"都让你别这么说了！"天弓仿佛成了无能狂怒的孩子，但他似乎也意识到，再这么下去怕是要被小爱牵着鼻子走了，"谁说一定是灵异事件了！"

"老师不是都没解开谜团吗？"

天弓一时语塞，随即说道：

"我觉得刚才的矛盾就是老师给的暗示。"

"怎么说？"

"老师的言外之意是——这次的报告将完全以小说的形式呈现。"

"上次不也是吗？"

"上次也采用了小说的形式，但从头到尾都是客观叙述，毕竟老师站在第三者的立场上。可这一回，老师自己就是当事人。因此东季贺才的心理描写是可以直接套在老师身上的。从这个角度看，故事的主人公未免有些害怕过头了。老师有着孩童般的感性，所以在遭遇灵异事件时当然有可能生出纯粹的恐惧，可

第五章　伫立不动的口食女

我总觉得东季贺才的恐惧有些过了。"

"你的意思是，那几段描写都是艺术加工？"

见天弓点了点头，小爱险些追问"老师图什么啊"，幸好及时忍住了——怎么想都只可能是"为了让天弓马人害怕"。

老师，您可真够狠的啊。

小爱在心里如此埋怨刀城言耶，可天弓对此自是一无所知。

"老师肯定早就解开了谜团。所以我也——"

话音刚落，他便在研究室里四处乱转起来。

看到此情此景，瞳星爱的心情很是矛盾。见他为推理陷入沉思，她自是心花怒放。可这次他在沉思前没有尝试性推理过一次，这又让她忧心忡忡。

前几次在长桌探讨谜题时，天弓都会先抛出几种推理。意识到自己错了，才会起身到处乱走。而他回到原位时，便能做出正确的推理。虽然无从证实，但至少小爱觉得他说的就是真相。

可这一回，天弓都还没推理就开始四处走动了。不寻常的事态让小爱倍感忧虑，不知是吉是凶。

口食女和爬出棺材的死人……怎么想都只可能是灵异事件嘛。

天弓丝毫不知她的担忧，仍在书架间徘徊。这次沉思的耗时可能比平时要长——这种感觉也加剧了她的忧虑。

过了好一阵子，天弓才拿着一支发簪走了回来。发簪的做工相当奢华，像极了祇园舞伎戴的那种。这样的发簪怎会出现在研究室里？光是琢磨这个问题，她背脊就莫名地发凉，想必是因为这里是"怪异民俗学研究室"吧。

而且他就这么拿着发簪盯着她看，看得她脸颊发烫，简直莫名其妙。

你戴这个肯定很合适。

小爱慌得六神无主，只觉得天弓下一秒就要说出这种台词了。她如坐针毡，差点不自觉地站了起来。

"嗯，口食女。"

"啊？"

"我面前就有个口食女。"

"你是说我吗？"

脸颊又烫了，只是这次的原因有所不同。不，"脑浆沸腾了"也许才是更贴切的说法。

"听着——"

见天弓还想往下说，小爱抬起一只手制止道：

"慢着，我来推理。"

"啊？"

天弓瞠目结舌。小爱却早已恢复冷静，如此说道：

"当桌上推理陷入瓶颈时，你总会在研究室里转上几圈，转完了便能得出真相。这是因为你在屋里的书籍和摆件中找到了解谜的线索，对不对？"

"'桌上推理'这个词的灵感，不会就是这张长桌吧？"

第五章　伫立不动的口食女

小爱得意地点了点头,却被天弓嗤之以鼻。

"所以你是想模仿我吗?"

天弓傲气十足地挑衅道。

"对,我想试试。"

"那就让小的领教领教吧。"

天弓起初还是一副从容自若的样子,可眼看着小爱站起身来,从研究室各处取来乌黑的面具、角兵卫狮子的小人偶、《佩罗童话》、《格林童话》与卡特·迪克森的《犹大之窗》摆在桌上,他便逐渐换上了兴致勃勃的表情。

"你之所以能破解亡者事件,就是因为看到了这个黑色的面具,联想到了被砍下的人头。分析无头女事件时,你通过角兵卫狮子的人偶想到了倒立。破解狐鬼猎奇杀人案的线索,则是《佩罗童话》和《格林童话》收录的《小红帽》中剖开大灰狼肚子的情节。至于座敷婆杀人未遂案,卡特·迪克森的《犹大之窗》里有一张没画出屋顶的立体示意图,你看到以后就联想到了一楼的天花板,进而察觉到了二楼的存在。我说得没错吧?"

"哎,亏你能猜中。"

小爱能感觉到天弓的赞叹是发自内心的,险些把得意写在了脸上。但她及时给自己提了个醒——好戏才刚刚开场呢。

"你明明说卡特·迪克森的《爬虫类馆杀人事件》刻画了一个所有缝隙都从内侧封死的完美密室,为什么拿来的却是这本《犹大之窗》呢?我百思不得其解,于是去书店的时候特意找了找这本书，粗略翻了一下，结果就看到了那张示意图。我感觉自己通过那张图摸清了你的推理思路，便又回顾了一下之前的几起事件，想起了那些很可能给了你灵感的摆件和书籍。"

"精彩。"

见天弓拍手称赞，小爱便也装模作样地鞠了一躬。

"那你说说我这次会做出怎样的推理呢？"

但天弓没有给她喘息的时间，直戳核心。她谨慎斟酌，步步推进。

"刚才你拿着发簪回来，盯着我的脸看了好久。"

"是啊。"

"你被我美得神魂颠倒了的可能性当然也是有的。"

"你……你说什么蠢话呢？"

"也不知道是刚刚才注意到，还是早就知道我好看，但你不好意思一直盯着，只好默默等待时机……"

"别……别瞎说了，赶紧说说你的推理吧。"

天弓声色俱厉，却是难掩羞涩。小爱拼命憋着笑说道：

"还有什么别的可能性呢？会不会是因为——我的外表跟平时有所不同呢？"

"嚯……"

"要真是这样，那十有八九是头发。因为我今天披着头发。从发簪联想到女性的头发还是很自然的。"

"哦……那两者之间有什么联系呢？"

第五章　伫立不动的口食女

"古茂田家的儿媳火化的时候，娘家妹妹赶来送她最后一程。当时她掉了一把半月形的黄杨木梳，被地郎先生捡到了。发簪和木梳都是发饰。"

小爱边说边用双手触摸披散的头发。摸着摸着，身子骤然一动。

"像这样先把头发放下来，盖住整张脸，再分成两半，分别归拢到两耳的位置，编成两根麻花辫。然后把辫子拿到脸跟前，尾端缠在木梳上，再用嘴衔住。要是夜深人静时，在只有月光的山里或只有星光的墓地看到这样一张脸……半月形的黄杨木梳，外加从木梳延伸出来的两根麻花辫，就跟裂到耳根的嘴差不多了。口食女应该就是这么来的。"

"那我问你，假扮口食女的是谁？"

"古茂田家儿媳的娘家妹妹。"

"嗯，毕竟她就是木梳的失主。可她为什么会假扮口食女呢？"

"去竹迫村的时候，刀城老师是从'隔壁再隔壁的村子'出发的，而娘家妹妹是'翻了两座山'来送姐姐。也就是说，两个人的起点是同一座村庄。所以他们才会在那个山头相遇，只不过老师到达山头的时间比妹妹略早一些。半夜三更走陌生的山路，必经的山头附近的佛堂居然还有个陌生的男人——所以为安全起见，妹妹假扮成了口食女。"

"这个点子应该不是她自己想出来的。"

"怎么说？"

"肯定不是她临时想到的，而是小时候从祖母或母亲那儿学来的防身术。"

"哦，有道理。"

"山头口食女之谜算是解开了，可古茂田家和大生田家的灵前供品被弄得一塌糊涂的事情又该怎么解释呢？"

"当然都是娘家妹妹干的。她应该就住在古茂田家，有的是机会搞破坏。大生田家毕竟也是乡下人家，找扇没锁好的门窗不成问题。"

"供品消失或者被偷吃倒还好理解，可鲜花一夜凋谢是怎么回事？"

"能供奉在灵前的花总共就那么几种。她应该是把新鲜的花换成了墓地拿来的快枯萎的花。"

"妹妹的动机呢？"

"她就是想恶心那两家人吧。我觉得她大概是想替姐姐报仇的，只是立场尴尬，什么都做不了，想想还怪可怜的。"

小爱难掩对娘家妹妹的同情。

"说具体点。"

天弓却满脑子都是解谜，与她对比鲜明。

"针对古茂田家的动机当然是报复他们对姐姐的磋磨。针对大生田家的动机则建立在一个有点大胆的想象上。在古茂田家备受折磨的姐姐在机缘巧合下跟大生田家的家主发展出了一段婚

第五章　伫立不动的口食女

外恋。也许姐姐是在情夫身上找到了丈夫从没给过她的东西吧。不幸的是，情夫得了畜爬病，还传染给了她。所以两家办白事的日子才挨得那么近——这个推理怎么样？"

"竹迫村的主流丧葬方式仍是土葬，古茂田家却选了露天焚尸，原因就在于此。哪怕是在全面土葬的年代，死于传染病的人也是要运去神社后山之类的地方火化的。"

天弓一边说着，一边再次鼓掌。小爱能感觉到，这次的掌声比之前的更响亮，也更走心，不禁笑容满面。

"到这里还没什么问题——"

然而，掌声戛然而止。

"可'死者爬出棺材'这个现象又该怎么解释呢？"

"单看关于这件事的描述，简直跟民间传说一样玄乎，找不出一点头绪。但只要能推理出口食女的真实身份和破坏供品一事的真相，后面的就好办了。"

"说来听听。"

"大生田家原来是村里的头号大地主。刀城老师在信中提到，去世的明明是大户人家的主人，葬礼却办得很是寒酸。而且送葬的队伍好像是刻意等到了傍晚才出的门。这很可能是为了躲避村人的目光。而这一点也能从侧面证明'家主的死因犯了忌讳'这一推理。"

"你刚才的推断也建立在这个前提上。"

"古茂田家也一样。一大早火化儿媳的遗体，很可能是因为出殡安排在了前一天的傍晚。"

"要是普通的遗体，通宵火化就是了，但那具遗体的死因是村里人最忌讳的畜爬病。想必火化师也不乐意孤身一人在深更半夜火化那样一具遗体……"言及此处，天弓投来略带试探的眼神，"为什么火化遗体的地方有网和木桩？"

"对哦……呃……用来盖住火化好的遗骨？哦，我知道了！遗体上午就能火化完，但家属不想在大白天拣拾骨灰。为了避开村民的耳目，他们想等到傍晚再来。可要是就这么把遗骨搁在那儿，说不定会被小动物破坏，所以要用网罩住遗骨，再打上木桩固定。"

"没错。"

"大生田家的送葬队伍也是朝着火化遗体的地点去的。他们当然也想悄悄地把事给办了，谁知刀城老师厚着脸皮跟了上去……"

"老师自以为藏得很好，但他遇到这种情况时总会忘乎所以，看不清周围的形势……"

天弓长叹一声。小爱随声附和：

"大生田家发现有个来路不明的外人在跟踪送葬的队伍。走进竹林之后，他们想出了一条计策。万幸的是，跟踪者先他们一步爬上了松树。于是他们趁机派年轻人回去取来一副新的棺材，安排某个家属钻进去，再把棺材抬到松树下面吓跑跟踪者。因为送葬队伍里的人几乎都穿着与死者相同的白衣，调换起来还

第五章　伫立不动的口食女

是非常容易的——这就是我的推理，你觉得呢？"

小爱怀着一抹忐忑征求天弓的意见。

"刀城老师下树以后瞄过一眼，发现坐棺里空空如也。要真是装过家主遗体的棺材，里面应该会有经书、念珠、六文钱[1]、饭团糕点之类的供品。就算没有零散地放入棺中，也该把这些东西装进头陀袋[2]陪葬。"

"这说明棺材被调了包……"

"没错，"天弓断言，然后又问道，"那你觉得造成多人死亡的尾七法事食物中毒事件也是娘家妹妹干的吗？"

他一反常态地征求了小爱的意见，但小爱毫不犹豫地摇了摇头。

"不会的，她要真铁了心给姐姐报仇，一开始就不会选择'把供品弄得一塌糊涂'这种无异于恶作剧的方法了。"

"也是。"

"那就意味着……"

说不定真是口食女作祟——不等小爱说出这句话。

"很好，这回的谜也算是解决了。"

天弓迫不及待地宣布"推理结束"，显然是为了阻止对话朝可怕的方向发展。

1　在日本民间传说中，人死后渡过三途川时要支付六文钱作为离开三恶道的渡船船资。因此六文钱是必不可少的陪葬品。
2　僧侣化缘时使用的方形布袋。

然而，他们竟在只有彼此的研究室里听到了某种疑似低语的声响。别说是天弓了，连小爱都不禁毛骨悚然……

五

片刻的战栗后，瞳星爱猜到了怪声的来处，急忙跑向怪民研的门口。

"啊，我就知道……"

只见保曾井副教授站在走廊里，战战兢兢地望向室内。谁知一看到小爱的脸，他便露出如释重负的表情，随即盛气凌人道：

"'我就知道'是什么意思？都听见我的声音了，就该赶紧出来招呼客人啊。"

"咦？我什么都没听见啊……"

"不可能。我明明小声问了句'言耶在吗'。"

门口的声音怎么可能传到研究室的深处呢——小爱虽然是这么想的，但她故意没提这茬，而是问道：

"您为什么要'小声'问呢？"

"怪民研平时静悄悄的，一点声响都没有，今天却传出了叽叽咕咕的说话声，谁还敢大声嚷嚷啊……"

保曾井的辩解是那样苍白。说白了就是害怕，连问惯了的

第五章　伫立不动的口食女

"言耶在吗"都被下意识压低了音量。

"他在里头吧？"

许是因为小爱就站在眼前，保曾井恢复了目中无人的态度。于是她刻意装出愁眉苦脸的样子，用胆战心惊的口吻说道：

"怪……怪了。"

"哪里怪了？"

"因为研究室里明明就我一个啊……"

"……"

"我刚才在屋里看书来着，看着看着打起了瞌睡……结果被说悄悄话的声音吵醒了……正害怕的时候，我听见了门口的动静，就提心吊胆找了过来，这才知道是您来了……"

"……"

"要不您陪我进去检查一下——"

"呃——我还有点事！"

话音未落，保曾井便溜了。

"老师！"

小爱假模假样地喊了一声，笑眯眯地走回长桌，却被躲在桌子底下的天弓马人结结实实吓了一跳。

"你……你干吗啊？"

"是保曾井老师吧？"

小爱茫然点头。

"他可太烦人了，三天两头催我交论文……"

297

这话更是莫名其妙，听得小爱一头雾水。

"是吗？可保曾井老师找的都是刀城老师啊。"

"嗯？不应该啊。"

这回轮到天弓歪头思索了。

"因为他总问我'言耶在吗'。"

听完小爱的回答，天弓当即苦笑道：

"那就是我啊。"

"啊？"

"他找的那个'言耶'就是我。"

"可……可你不是天弓马人吗……？"

小爱说着理所当然的事实，陷入了混乱。

"我也没想到会跟你打这么多次交道，所以一直都没解开最初的误会——"

"什……什么误会？"

天弓从研究室深处的书桌取来同人志《新狼》，指着目录中的作者名"天弓马人"说道：

"这是我的笔名。"

"啊？那你的真名是？"

"弦矢骏作。"

他指了指印在目录另一处的"弦矢骏作"。

"用真名和笔名各写了一篇？那不是耍赖吗？"

见小爱傻里傻气地怪叫起来，天弓只得苦笑着解释道：

第五章　伫立不动的口食女

"不止我一个。这个叫'小松纳敏之'的也把真名的音节打乱重排了一下，组合成了'夏目雪寿子'[1]这个笔名。这在同人志里是常有的事。"

"那也不对啊，你的真名和笔名跟'言耶'有哪门子的关系啊？"

小爱还是不服气。

"保曾井老师第一次见到你之后，就跟我说研究室来了个'同性爱'。那就是他给你起的绰号，把你的姓氏'瞳星'念成了'同性'。"

"幼稚死了。"

小爱对保曾井的反感又升了一级。就在这时，她恍然大悟：

"原来他是把'弦矢'念成了'言耶'[2]……"

"嗯。当然，他是把刀城言耶老师当成了假想敌，这才刻意用了那样的称呼。"

胆小鬼的刻薄体现得淋漓尽致，小爱是愈发不喜欢那个保曾井了。

"话说'天弓马人'这个笔名是怎么来的啊……"

她忽然好奇起了笔名的由来，如此问道。

---

1 "小松纳敏之"读作"Komatsu Toshiyuki"，"夏目雪寿子"读作"Natsuki Yukitoshi"。
2 "弦"的训读为"tsuru"，音读为"gen"，"弦矢"在天弓马人的真名中应读作"Tsuruya"，但被保曾井读作了"Genya"，与"言耶"的读音相同。

"先从'弦矢'联想到'天弓',再把'骏作'的马字旁和单人旁组合成'马人'就是了。"

"对着天蝎座张弓的射手座半人马,也跟这个笔名有关吗?"

"因为半人半马,还拿着弓箭?"

"你不是射手座的嘛。"

天弓似乎对小爱为何知道自己的星座略感疑惑,但逃过一劫的欢喜毕竟更胜一筹,于是眉开眼笑道:

"这次多亏你用妙计赶走了他,帮大忙了。"

"可他这么三番五次找过来,难道不是因为你真的得交论文吗?"

"话是这么说……"

"那就赶紧把该交的交了呀。"

"嗯,过阵子就——"

"有工夫写小说,怎么不先把论文交上呢?"

"不过你还挺厉害的,居然有本事赶走那位老师。"

见天弓左耳进右耳出,小爱顿时就来了气。

"其实我早就想问了——"

"问什么?"

"保曾井老师搞不好也有过类似的经历——"

"什么经历啊?"

"你明明出去了,研究室里明明没人,我却觉得屋里有人

第五章　伫立不动的口食女

的动静，这到底是为什么呢？"

"怎……怎么可能……"

"狡辩就免了吧。"

小爱斩钉截铁道。然而天弓给出了意料之外的回答。

"要真有那种事，就麻烦你给研究室驱驱邪吧。"

"什么？"

"你外婆不是小有名气的祈祷师吗？你肯定也有那方面的血统，所以——"

"我……我外婆可没那么出名……再说了，我也没那种力量啊。"

"那可不一定，万一隔代遗传了呢？"

"你说这种话肯定是因为害怕，想把怪民研的灵异现象都推给我——"

"谁……谁怕了？你可别胡说八道啊，我天天都一个人在这儿写小说呢！"

"可你之前不是说自己最看重写作，只是找不到比这间研究室更能专注写作的地方吗？"

"你的意思是……我其实怕得要死，却只能咬牙忍着？"

"没错。你要死不承认，改天在这儿办场怪谈大会呗。"

"什……什么乱七八糟的……"

"冬天的怪谈大会也别有一番趣味哦。"

此刻东拉西扯的二人还对彼此的未来一无所知。

后来，瞳星爱进一步唤醒了与外婆相同的特异功能，成了日本首屈一指的祈祷师"爱染老师"，不得不为驱除邪祟四处奔走。

后来，弦矢骏作如愿在文坛出道，却莫名其妙写起了被读者敬而远之、相传"看了会被诅咒"的怪奇小说，发展了一小撮狂热书迷。

再后来，两人结为连理，再后来还有了个可爱的外孙，名叫俊一郎。俊一郎有一种与生俱来的特殊能力——能看见他人的死相。长大后，他成了名震四方的"死相学侦探"。

研究室中的二人哪能知道等待着彼此的会是怎样的未来，只顾没完没了地打情骂俏。

主要参考书目

牧田茂/《民俗民艺双书11 海的民俗学》/岩崎美术社/1966

《日本文学全集 别册1 现代名作集 野菊之墓 蟹工船 樱岛 二十四只眼睛 等》/河出书房/1969

周刊朝日 编/《价格的明治大正昭和风俗史》/朝日新闻社/1981

周刊朝日 编/《价格的明治大正昭和风俗史 续》/朝日新闻社/1981

早川书房编辑部 编/《早川悬疑丛书总解说目录 1953年—1993年》/早川书房/1993

千叶干夫 编/《全国妖怪事典》/小学馆/1995

川村善之/《日本民宅造型 故乡、居所与美的传承》/淡交社/2000

高桥贞子/《见过座敷童子的人》/岩田书院/2003

高桥贞子 著/石井正己 监修《见过山神的人 岩手岩泉物语》岩田

书院 / 2009

佐佐木喜善 著 / 石井正己 编 /《远野奇谈》/ 河出书房新社 / 2009

宫田登 /《污秽的民俗志 歧视的文化要素》/ 筑摩学艺文库 / 2010

野村纯一 著 / 野村纯一著作集编纂委员会 编 /《闲聊与怪谈 野村纯一著作集 第七册》/ 清文堂 / 2012

竹田晃 /《四字熟语成句辞典》/ 讲谈社学术文库 / 2013

常光彻 /《学校的怪谈 口传文学的展开与表现》/ Minerva书房 / 2013

古斯塔沃·费佛恩·帕特里奥 著 / 高野雅司 译 /《利马古书商》/ 水声社 / 2014

高桥繁行 /《土葬之村》/ 讲谈社现代新书 / 2021

首次发表一览

第一章:《小说 野生时代》2022年1月号

第二章:《小说 野生时代》2022年5月号

第三章:《小说 野生时代》2022年9月号

第四章:《小说 野生时代》2023年1月号

第五章:新作,首次公开

读客®
悬疑文库
认准读客读悬疑，本本都是大师级。

专注出版中、英、美、日、意、法等世界各国各流派的顶尖悬疑作品。

为读者精挑细选，只出版两种作品：
经过时间洗礼，经典中的经典；口碑爆表、有望成为经典的当代名作。

跟着读客悬疑文库，在大师级的悬疑作品中，
经历惊险反转的脑力激荡，一窥人性的善恶吧。

扫一扫，立即查看悬疑文库全书目，
收集下一本精彩悬疑！